O GATO QUE SALVOU A BIBLIOTECA

SOSUKE NATSUKAWA

Tradução
Flávia Yacubian

OUTRO Planeta

Título original em inglês *The Cat Who Saved the Library*

Preparação: Fernanda Guerriero Antunes
Revisão: Renato Ritto e Thiago Bio
Projeto gráfico e diagramação: Márcia Matos
Capa: Penguin Random House Grupo Editorial
Adaptação de capa: Sandra Fava
Imagens de miolo: Freepik

Dados Internacionais de Catalogação na Publicação (CIP)
Angélica Ilacqua CRB-8/7057

Natsukawa, Sosuke
O gato que salvou a biblioteca / Sosuke Natsukawa; tradução de Flávia Yacubian. - São Paulo: Planeta do Brasil, 2025.
240 p. : il.

ISBN 978-85-422-3765-8
Título original: The Cat Who Saved the Library

1. Ficção japonesa 2. Literatura fantástica I. Título II. Yacubian, Flávia

25-3625 CDD 895.63

Índice para catálogo sistemático:
1. Ficção japonesa

MISTO
Papel | Apoiando o manejo florestal responsável
FSC® C112738
FSC www.fsc.org

Ao escolher este livro, você está apoiando o manejo responsável das florestas do mundo

2025

EDITORA PLANETA DO BRASIL LTDA.
Rua Bela Cintra, 986 – 4º andar
01415-002 – Consolação
São Paulo-SP
www.planetadelivros.com.br
faleconosco@editoraplaneta.com.br

PRÓLOGO

COMO TUDO COMEÇOU

Os livros andavam sumindo. Ou pelo menos era o que ela achava.

Nanami cruzou os braços franzinos e encarou a prateleira à sua frente. Ela refletia diante daquela evidência. Parecia que os livros estavam desaparecendo da biblioteca.

Escolheu os termos "achava" e "parecia" porque era difícil provar. A velha biblioteca tinha uma coleção enorme de livros. E, como a principal função de uma biblioteca não é manter todos os livros arrumadinhos e sem juntar poeira nas prateleiras, mas, sim, emprestar o máximo possível ao público, obviamente nem todos os livros estavam lá o tempo todo. Se Nanami fosse uma bibliotecária, poderia ter verificado o histórico de empréstimos, ou, se fosse uma detetive brilhante, teria sido capaz de resolver o mistério por meio de seus poderes de dedução. Infelizmente, porém, ela era apenas uma aluna do oitavo ano que gostava de passar pela biblioteca no caminho para casa depois da escola.

Nanami frequentava a biblioteca desde que era uma menininha. Naquela época, seu pai a trazia e, graças a ele, Nanami tinha adquirido o hábito de vir todos os dias. Isso significava que ela estava muito familiarizada com a disposição dos livros e de imediato percebeu que algo estava diferente. Quando se tratava de sua amada biblioteca, tinha certeza de que sua memória era mais precisa do que a do bibliotecário e possivelmente até mais brilhante do que a de um detetive.

A primeira coisa que tinha chamado sua atenção foram as lacunas aqui e ali nas prateleiras. Depois de um tempo, ela percebeu que esses espaços nunca voltavam a ser preenchidos – permaneciam lacunas. *A ilha do tesouro*, de Robert Louis Stevenson, estava faltando na seção de Ficção Infantil. O belo exemplar com lombada branca de *Anne de Green Gables* e a aventura do Capitão Nemo e suas *Vinte mil léguas submarinas* também nunca haviam sido devolvidos.

Na seção de livros ilustrados, dois dos favoritos de Nanami, *Mr. Owl* e *Frederico*, não estavam em lugar nenhum.

Um passeio pelas prateleiras de Ficção Literária revelou que *Debaixo das rodas*, de Hesse, e *O velho e o mar*, de Hemingway, tinham sumido.

Na verdade, em cada prateleira da biblioteca havia novos espaços vazios.

Nanami se perguntou por um momento se as pessoas tinham começado a pegar mais livros emprestados, mas rapidamente descartou essa hipótese. Esta era uma biblioteca de grande porte com uma extensa coleção de livros, mas não era uma instalação moderna de última geração. O prédio em si estava dilapidado; o ar-condicionado mal funcionava; havia lâmpadas queimadas que geravam cantos escuros; e volta e meia um cheiro de mofo atacava o nariz. Em outras palavras, não havia razão para o número de usuários aumentar. E uma simples observação apontava que os corredores espaçosos da biblioteca permaneciam tão desertos como antes.

O curioso era que nenhum dos adultos na biblioteca parecia ter notado nada. A equipe estava sempre ocupada demais com a papelada para perceber qualquer mudança em seu ambiente.

— O que está acontecendo? — Nanami pensou em voz alta. Claro, só porque ela ousou fazer a pergunta em voz alta não significava que obteria uma resposta. Ficou parada em um ponto central e girou lentamente para escanear todo o andar. De longe, as prateleiras altas de metal pareciam estar tão lotadas quanto antes, mas, quando andou pelos corredores, viu as lacunas espalhadas como dentes arrancados. Nanami estava tão familiarizada com a biblioteca que notou esse fenômeno; para ela, as mudanças eram inegáveis.

Os livros desapareceram!

— Eu preciso conferir os livros?

A voz do idoso Sr. Hamura, o bibliotecário da recepção, não soou tão alta, mas, como o andar térreo tinha um teto alto e abobadado, as palavras reverberaram por toda a biblioteca. Ainda assim, com tão poucos frequentadores, não era como se alguém estivesse lá para ouvir. Apenas uma mulher mais velha que por acaso estava passando lançou um rápido olhar para Nanami e o Sr. Hamura.

Nanami tentou manter seu tom o mais casual possível:

— É, alguns livros sumiram. Vários, na verdade.

O Sr. Hamura espiou por cima dos óculos de leitura para a menina de uniforme escolar.

— Sei. Bem, isso é um problema sério — sentenciou ele. Depois, voltou a atenção para o arquivo sobre a mesa diante de si. Rapidamente, rabiscou algo num papel antes de continuar: — Se vai se estressar toda vez que não encontrar os livros que quer na prateleira, como vai conseguir usar uma biblioteca?

Por um instante, Nanami pareceu confusa com a lógica do bibliotecário, mas logo percebeu que era o senso de humor excêntrico do velho. Ele fechou o arquivo de plástico e olhou para a estudante do ensino fundamental.

— Olha, Nanami-chan — disse ele, alisando a barba branca e rala —, aqui é uma biblioteca. Se alguém quiser pegar um livro emprestado, é um procedimento simples. E por isso às vezes os livros estão aqui, às vezes não. E o procedimento não mudou desde a época que você vinha aqui com seu pai e pegava *Uma lagarta muito comilona*. E, caso tenha se esquecido delas, pode reler as regras naquele cartaz da parede.

Hoje não é meu dia, Nanami pensou, suspirando baixinho.

O velho Sr. Hamura era mais do que um simples bibliotecário. Ele trabalhava havia décadas nesta biblioteca e escolhera permanecer na recepção mesmo após a aposentadoria. Você poderia chamá-lo de enciclopédia viva desta antiga biblioteca. Embora ele fosse cínico, temperamental e um tanto difícil, não era uma má pessoa. Ele apresentou Nanami a todos os tipos de livros maravilhosos. No entanto, quando estava em um dia ruim, você corria o risco de se tornar mais uma vítima de sua língua ferina. Hoje era claramente um desses dias.

— Esta biblioteca — continuou o idoso, enfatizando cada palavra com toques de seu dedo ossudo sobre a capa do arquivo — é tão velha quanto eu. E as pessoas velhas vão ficando cansadas e esquecidas. O trabalho dos jovens é cuidar dos mais velhos e não perder tempo se preocupando com alguns livros perdidos.

Falta muito para acabar o discurso...?

A mente de Nanami já havia vagado dessa conversa infrutífera na recepção do térreo até a seção de Literatura Britânica no primeiro andar. Ela provavelmente terminaria sua leitura atual, *O morro dos ventos uivantes*, hoje ou no dia seguinte e precisava escolher o próximo livro. Agora claramente não era o melhor momento para pedir uma recomendação ao Sr. Hamura.

— Embora eu fique grato pela sua preocupação, tenho muito trabalho hoje...

O bibliotecário foi interrompido pelo som do celular de Nanami tocando suavemente em seu bolso. Não era uma mensagem; era o alarme de lembrete noturno.

Ela prontamente tirou um inalador da bolsa, colocou-o na boca e inspirou fundo. Nanami precisava desse tratamento para asma várias vezes ao dia, mas tendia a se esquecer da dose noturna. Tinha sido seu pai quem sugerira que ela programasse o alarme.

O Sr. Hamura esperou que ela terminasse.

— Mais tarde eu dou uma olhada nas prateleiras — disse ele, um pouco mais gentil. — Você devia passar mais tempo cuidando de você do que se preocupando com livros.

Nanami não mandou o homem cuidar da própria vida. Apenas assentiu em agradecimento e se virou para sair. Enquanto se afastava, lançou uma efusiva despedida mental:

Inútil!

Ela estava bem ciente de que tinha acabado de insultar a enciclopédia viva – o velho carcomido que, alguns diriam, personificava essa biblioteca.

Nanami Kosaki era uma garota baixa e magra de treze anos, no oitavo ano da escola. Ela era muito pálida porque a asma significava, desde sempre, exposição limitada ao mundo exterior. A asma era um pouco como um cavalo selvagem, e qualquer tipo de exercício ou estresse físico ou mental o poria a galopar em torno de seu sistema respiratório com seus cascos de ferro. Muitas vezes durante seus anos de escola primária, ela tinha sido levada às pressas de ambulância para o pronto-socorro. Por causa da doença, nunca experimentara a alegria de brincar lá fora com os amigos, correr ao ar livre, e se acostumara a passar o tempo sozinha na biblioteca depois da escola. Muitas pessoas se penalizavam com essa situação, mas Nanami não se sentia em desvantagem. Contanto que não tivesse ataques de asma, um lugar onde pudesse ficar absorta em livros e ler o quanto quisesse era perfeito. E por isso ela levava o misterioso desaparecimento de livros da biblioteca muito a sério.

— Ele me mandou reler as regras!

Nanami estava na área de leitura no primeiro andar da biblioteca, com a cabeça apoiada em uma mesa. Tinha uma favorita entre as mesas grandes e bem dilapidadas. Era uma perto da janela onde a luz do sol caía perfeitamente; era o lugar onde se sentava e lia depois da escola. Um livro estava aberto na mesa, mas agora se sentia irritada demais para seguir as palavras na página.

— Eu, frequentadora assídua, me dou ao trabalho de contar pra ele minha preocupação com os livros e aquele velho teimoso...

— Que pesadelo. Bom, pelo menos você tentou.

O comentário veio da garota sentada em frente. Itsuka Imamura e Nanami Kosaki eram amigas desde pequenas.

Itsuka era alta e se portava bem, e, assim, parecia pelo menos um ano escolar acima da pequena Nanami. Usava o cabelo curto e bem penteado; um contraste com o cabelo longo e preto que Nanami prendia em um rabo de cavalo.

Itsuka olhou para baixo através do espaço aberto para a área de recepção do térreo e deu uma risada empática.

— O Sr. Amargo anda tão rabugento que tem sido difícil saber quando ele está ou não de bom humor — comentou ela.

— Hoje a coisa foi feia. Parece que ele estava ocupado ou coisa do tipo. Eu não percebi o mau humor antes.

Nanami ergueu a cabeça e apoiou o queixo sobre a mão.

"Sr. Amargo" era o apelido que Itsuka dera ao Sr. Hamura. Nanami achava que combinava perfeitamente com o jeitinho "doce" do velhinho.

— Os livros estão sumindo mesmo? — quis saber Itsuka, percorrendo com os olhos as prateleiras próximas. — Pra mim, parece que ainda estão todos aqui.

Do outro lado de um corredor estreito perto do canto de leitura, havia fileiras de estantes de aço comuns. No final de cada prateleira, uma etiqueta indicava o conteúdo – Literatura Japonesa, Economia, Filosofia, História, Folclore –, dando a sensação de uma vasta e variada coleção de livros alinhados lado a lado. Além dessas estantes, não visíveis da localização atual das duas no canto de leitura, outras seções eram organizadas por país de origem, com prateleiras meticulosamente organizadas portando literatura de todo o mundo. Do ponto de vista das meninas naquele canto de leitura ensolarado, as longas fileiras de estantes imponentes se estendendo até a penumbra sombria compunham uma visão magnífica.

— Com tanto livro, como você sabe que tem algum faltando?

— Bom, não tem nenhum lançamento nem *best-sellers* faltando, então a maioria das pessoas não iria perceber mesmo — explicou Nanami. — Mas muitos livros antigos que foram emprestados há muito tempo, como *O violoncelista* ou *A terra do cavaleiro*,* nunca foram devolvidos.

— Então, só pessoas como você, que praticamente moram aqui, notariam?

— Acha que passo tempo demais aqui?

— Bom, você percebeu o que está acontecendo, e o Sr. Amargo, não. Essa é a prova de que ele não passa de um locador. E você é a inquilina.

As duas garotas eram muito próximas e se provocavam dessa forma o tempo todo. Suas casas ficavam no mesmo bairro, e elas tinham estudado na mesma escola primária. Agora, no ensino fundamental, Itsuka se juntara ao clube de arco e flecha que se reunia antes e depois da escola. Por causa disso, as duas não iam e voltavam mais juntas para a escola. No entanto, nos dias em que não tinha atividade do clube, Itsuka aparecia na biblioteca com seu arco e flecha enrolado em um pano preto. Ela praticava a puxada em casa e era uma integrante

---

* Título original: *Knight's Fee*, de Rosemary Sutcliff. (N.E.)

altamente respeitada do clube, popular entre alunos mais velhos e mais novos.

— Por que os livros sumiriam assim? — questionou Itsuka. — Mesmo se alguém estiver roubando, não passam de livros bem velhos. Não daria para revender on-line.

— Não tenho ideia — respondeu Nanami —, mas... — Ela se interrompeu e olhou ao redor por um instante, baixando a voz para um sussurro: — Eu andei vendo um cara muito suspeito por aqui.

A expressão de Itsuka mudou e ela seguiu o olhar de Nanami pelo canto de leitura; não havia outra alma em nenhuma das mesas. Um pouco mais adiante, uma senhora idosa estava sentada perto da janela, olhando distraidamente para fora; e, no cantinho dos livros ilustrados, uma mãe com um carrinho de bebê. Nenhum personagem de aparência suspeita por perto.

— Tem certeza de que ele era suspeito?

— Não tenho certeza, mas eu vi um cara muito bizarro zanzando por aqui. Não contei nada para o Sr. Amargo ainda.

— Bom, toma cuidado ao abordar o assunto. Se escolher a hora errada, ele surta.

— Lá no fundo, ele não é de todo mau. Sempre me dá boas sugestões de livros.

— Esse aí é um deles?

Itsuka olhou para o livro que Nanami estava lendo. A amiga assentiu.

— É *O morro dos ventos uivantes*, da Emily Brontë. Um dos que ele mais recomenda.

— Sério? É tão grande e tem a letra tão pequena. E é bom mesmo?

— É muito interessante. Falam que é uma história de amor, mas é muito mais do que isso. É sobre um homem que foi bem pobre na juventude, maltratado por um cara rico. Enfim, ele se torna rico também e volta para se vingar. O Sr. Amargo falou que é uma das melhores histórias de vingança do mundo da literatura.

— O mundo da literatura parece bem sinistro — disse Itsuka, franzindo a testa.

A velha que estava olhando pela janela pegou a bengala e começou a caminhar em direção ao elevador. Itsuka se levantou também.

— Preciso ir — disse ela.

— Não vai fazer a tarefa primeiro? — perguntou Nanami.

— Meus pais vão trabalhar até tarde hoje, então preciso fazer o jantar do meu irmãozinho. Eles me mandaram mensagem avisando.

— Ah, que chato. Eles estão sempre tão ocupados.

— É, chato... — Itsuka concordou sem muita convicção. Então, pegou seu arco, que estava apoiado contra a parede. — Mas as coisas pra você são mais complicadas.

Itsuka tinha razão. A mãe de Nanami falecera quando a menina ainda era pequena, e Nanami vivia sozinha com o pai. Era um sinal de quão próximas as duas garotas eram: falar sem rodeios sobre o assunto.

— Não consigo nem imaginar como seria minha vida só com meu pai — acrescentou Itsuka.

— Não é nada mal — replicou Nanami. — Quando o papai tá ocupado, ele come fora, então só preciso cozinhar pra mim. E se não tô a fim de cozinhar, passo na lojinha de bentô.

— Você é tão de boa.

Quando Nanami estava na escola primária, seu pai costumava chegar cedo em casa para fazer o jantar; no ensino fundamental, ele começou a ficar mais ocupado no trabalho e a chegar tarde em casa.

— Ser filha única deve ser mais fácil. — Itsuka suspirou. — Na minha casa, se minha mãe trabalha tarde por dois dias seguidos, já vira o caos. Meu irmão é um inútil: só come e nunca limpa nada.

Nanami riu, embora não pudesse deixar de sentir uma pontada de inveja. Era realmente difícil para Itsuka ter que cozinhar, mas pelo menos ela conseguia se sentar à mesa e comer com o irmão. No caso de Nanami, sempre que seu pai se atrasava, ela tinha que comer sozinha.

— Tchau, então!

Itsuka já tinha começado a se afastar. De repente, parou e se virou para Nanami:

— Não vai se meter em nada muito maluco, ok? — ela advertiu a amiga. — Você não dá conta.

E com isso levantou o arco em um gesto de despedida e se afastou.

Nanami estava feliz por ter uma amiga como Itsuka, tão sincera.

Na infância, ia toda hora para o hospital por causa da asma e, para piorar, o fato de não ter mãe significava uma avalanche de demonstrações exageradas de solidariedade, tanto na escola quanto no hospital. Ela de fato valorizava uma amiga como Itsuka que simplesmente dizia "Oi" ou "E aí?" para ela como uma pessoa normal.

Eu deveria convidá-la para jantar algum dia, refletiu. Não tinha certeza de como seu pai se sentiria sobre duas estudantes do ensino fundamental jantando juntas, mas Nanami achou a ideia ótima.

Voltou a atenção para *O morro dos ventos uivantes*. A vingança de Heathcliff estava prestes a atingir seu ponto alto.

CAPÍTULO 1

AQUELE QUE ANDA AO NOSSO LADO

Nanami estava absorta no livro e mal notou o brilho avermelhado que se espalhava pela mesa de leitura. Quando enfim olhou para cima, viu que o sol estava baixo, tingindo o céu sobre os telhados das casas. O ar perto da janela esfriava rapidamente.

Parecia que as árvores que ladeavam as ruas tinham assumido suas cores de outono apenas alguns dias antes; agora a sensação já era de estar à beira do inverno. Os dias ensolarados eram agradáveis; então, quando o sol começava a se pôr, a temperatura despencava. Nanami não se importava com o frio em si, mas o ar seco do inverno era um pesadelo por causa da asma. Não importava se o tempo estava quente ou frio, de qualquer maneira, suas atividades eram sempre restritas. Depois de trocar para o uniforme de inverno da escola, apenas acrescentava um casaco ou um cachecol conforme a estação avançava.

O morro dos ventos uivantes havia chegado à conclusão dramática, e só por isso percebeu que ficara lendo durante muito tempo. Enquanto observava as sombras das árvores se alongando, ouviu vozes de crianças vindas do parquinho da escola ao lado. Mesmo no crepúsculo, conseguia distinguir um grupo de meninos correndo atrás de uma bola de futebol.

Já está tão tarde...

O sol brilhava na biblioteca em um ângulo profundo, quase horizontal, e não havia uma alma viva à vista. Tanto a senhorinha no assento da janela quanto a mãe na seção infantil já tinham ido embora fazia muito tempo. Contudo, era normal a biblioteca ficar deserta desse jeito.

Nanami olhou para o relógio e viu que eram quase seis da tarde: hora de fechar. Ela guardou o livro na bolsa. Quando se virou para sair, notou um homem parado em frente a uma das estantes próximas. O homem era grandalhão e vestia um terno cinza. Ele estava de costas para Nanami e, embora ela não pudesse ver seu rosto, uma voz na cabeça dela gritou um aviso instintivo:

É ele!

Ela o tinha visto muitas vezes antes na biblioteca. O terno perfeito, sem nenhum amassado, e o chapéu de caçador antigo no mesmo tom de cinza do terno davam a aparência de alguém em posição de chefia numa empresa. Embora não houvesse nada particularmente estranho em seu comportamento, Nanami tinha notado que era sempre depois das visitas dele à biblioteca que os livros costumavam desaparecer. Esse era o cara suspeito que ela havia mencionado para Itsuka.

Claro que não havia provas de que ele era de fato um ladrão de livros...

Nanami tentou acalmar seu coração palpitante e sua rompante sensação de desconforto.

Quando o homem desapareceu atrás da estante, ela se levantou e caminhou silenciosamente até onde ele estivera.

Aquela estante era repleta de romances de mistério voltados para jovens adultos, de autores como Edogawa Ranpo e Arthur Conan Doyle. Nanami olhou para os títulos familiares e imediatamente notou algo. Bem ao lado de uma fileira de edições completas de Sherlock Holmes, havia um grande espaço vazio. Era onde ficava a coleção completa de *Arsène Lupin, o ladrão de casaca*; os primeiros dez volumes haviam sumido. Em outras palavras, um terço do conjunto de trinta volumes estava faltando. Esta foi a primeira vez que ela viu tantos livros desaparecerem de uma vez. Que empáfia pegar esse número de livros *dessa* coleção...

A série de Lupin, de Maurice Leblanc, era uma das favoritas de Nanami. O personagem principal era um mestre do disfarce e das artes marciais, um ladrão que ajudava os pobres e os sofredores. Quando Nanami era menor, Lupin era como um herói para ela. Tinha ficado tão obcecada por esses livros que costumava ter problemas com o pai por lê-los na cama, depois da hora de dormir. Ela sabia *A agulha oca* e 813 praticamente de cor, de tantas vezes que havia relido.

Nanami olhou na direção em que o homem tinha ido e o viu dobrando a esquina ao final de uma longa estante de livros. Por um momento fugaz, também avistou uma bolsa preta abarrotada.

Ela começou a andar mais rápido.

Nanami parou e espiou pela abertura nas fileiras de estantes; e dessa vez viu o homem entrando no corredor marcado como Literatura Francesa. Ela andou na pontinha dos pés atrás dele e notou uma sensação estranha no fundo do peito. Franziu a testa.

"Movimentos bruscos e esforço podem desencadear um ataque de asma." As palavras do médico ecoaram em seus ouvidos. Sobrepondo-se ao eco, havia um som agudo de chiado no fundo de sua garganta, mas Nanami não parou. Quando chegou à placa de Literatura Francesa no final da estante, o apito havia aumentado para um gemido que enchia seus pulmões.

— Ai, não.

Sua voz já estava fraca. Sinal de perigo.

Do bolso direito, ela tirou o inalador, recostando-se em uma estante para tentar acalmar a respiração irregular. Não podia entrar em pânico. Contou cuidadosamente por dez segundos, durante os quais confirmou que o ataque não estava piorando.

— Não posso sair por aí bancando a detetive.

Assim que as palavras saíram de sua boca, ela afundou no chão, com as costas ainda contra a estante. Nanami não ligava de não poder correr pela floresta como Huckleberry Finn ou caminhar ao longo dos trilhos de trem como Gordie em "O corpo", de Stephen King. Ainda assim, seria mentira dizer que não ficava chateada com sua incapacidade de se mover rapidamente em um momento crucial como aquele.

— Só preciso ser tão esperta quanto Lupin — murmurou ela, meio que reclamando, mas também tentando aumentar sua determinação. Nanami sabia que não havia sentido em se deixar desanimar por cada pequeno contratempo. Suas vias aéreas podiam ser lentas, mas sua mente era afiada como uma faca. O ponto crucial era que os livros tinham sido removidos da biblioteca em segredo. Uma grande parte da coleção de Lupin tinha sumido, tantos volumes que dessa vez nem mesmo o velho bibliotecário teimoso seria capaz de bufar com desprezo.

Quem era o homem misterioso? E por que ele roubaria livros velhos de uma biblioteca? Ele certamente não ganharia nada com isso.

Enquanto ruminava a respeito, Nanami virou a cabeça e espiou o corredor onde o vira pela última vez. Inspirou fundo, dessa vez de forma involuntária.

Na biblioteca, as estantes eram todas construídas da mesma forma – altas estruturas de aço com corredores estreitos idênticos entre elas. O teto era de um cinza lúgubre, com luzes fluorescentes opacas uniformemente espaçadas. Só porque um corredor era cheio de prateleiras de literatura francesa, não significava que fosse decorado como o Palácio de Versalhes...

Agora, porém, o que Nanami estava vendo não era o conhecido corredor mal iluminado; nem um exemplo deslumbrante de arquitetura barroca. Em vez disso, a extremidade mais distante do corredor estava infundida com uma luz suave branco-azulada. Em primeiro plano, as conhecidas obras completas e bem puídas de Baudelaire e Flaubert; mais abaixo, contudo, as próprias prateleiras pareciam ter assumido um brilho azul. Além do mais, as paredes na extremidade mais distante da biblioteca tinham desaparecido e as estantes pareciam continuar infinitamente na luz.

— O que está acontecendo...? — Nanami estava chocada.

A biblioteca era como um jardim para Nanami, um lugar pelo qual vagava livremente desde pequenina. Ela até já havia entrado na área do escritório e no depósito e fora repreendida pelo Sr. Amargo. Mas nunca tinha visto esta passagem brilhante.

Como se a luz a atraísse, ela se levantou, mas naquele momento ouviu uma voz profunda e cheia atrás dela:

— Não. Fique longe.

Ela virou para trás. Não havia ninguém. Nada. Bem, nada, exceto uma pequena sombra redonda encolhida sob a placa de Literatura Italiana no lado oposto do corredor.

Debaixo de duas orelhas triangulares desenhadinhas brilhava um par de olhos verde-jade. Bigodes prateados brilhantes estendiam-se ordenadamente de ambos os lados.

— Um gato...?

Sem sombra de dúvidas, era um gato.

Como se em resposta, ele se levantou e caminhou lentamente até Nanami. Era um gato grande e robusto, e seu pelo era uma mistura de marrom-alaranjado, amarelo e branco. Andou até ela, com lindos olhos brilhando, e então abriu a boca. Mais uma vez ela ouviu a voz profunda e cheia:

— Você está bem?

Nanami estava em choque, incapaz de responder.

— Você parece estar com dificuldades.

Os sons realmente saíram da boca do gato. Embora as palavras em si mostrassem preocupação com Nanami, o tom era intimidador.

Nanami piscou algumas vezes antes de dar um aceno hesitante com a cabeça.

— É, eu... Ãhn... Acho que tô bem.

— Esplêndido.

O gato balançou a cabeça lentamente e então se virou para encarar a luz estranha.

— Não adianta se matar para isso — continuou ele. — Pode caçá-lo, mas nunca irá pegá-lo.

Era uma voz tão profunda e ressonante que Nanami a sentiu na boca do estômago. Até onde sabia, não havia nada de errado com uma combinação de biblioteca e gato. Só que, quando se tratava de gatos falantes, era uma história completamente diferente.

Ela colocou a mão no peito e respirou fundo uma vez. Os ruídos em seu corpo pareciam ter diminuído. Não houve ataque de asma. Ela tinha lido em algum livro que quando um ataque era forte demais, o cérebro podia ficar sem oxigênio o suficiente, causando alucinações. Não era o caso. Ela voltou a atenção para o animal falante na frente dela.

— Você é um gato, né?

— Sério? Tenho cara de quê? Cachorro?

Um gato estava ali parado perguntando se tinha cara de cachorro. Era o caos total. Não havia nada reconfortante naquela resposta.

— É que... nenhum dos gatos que eu conheço fala — Nanami ousou dizer.

— Bom, isso é uma idiotice da sua parte — declarou o gato. — Nós, gatos, não saímos matraqueando por aí como os humanos. Falamos quando é necessário. E ficamos quietos quando é necessário. Gatos são assim.

Foi a primeira vez que Nanami ouviu essa definição de gato. Colocou a mão na testa, mesmo não estando com dor de cabeça. O gato continuou calmamente:

— Enfim, preciso te contar uma coisa: não se aproxime daquela passagem.

— E o que *é* aquela passagem, afinal?

— Não é nada.

— Obviamente, é alguma coisa. — Nanami não deixaria aquela explicação barata. — Não tem nada de normal naquilo.

— Então, não é da sua conta. — As palavras duras tinham a intenção de desanimar. — O problema é mais complicado do que imagina — continuou o gato. — Se não tomar cuidado, as coisas podem ficar bem perigosas. Além disso...

— Você sabe algo a respeito daquele homem, não sabe? — Nanami interrompeu.

A pergunta direta pareceu pegar o gato desprevenido. Foi a primeira vez que Nanami o viu perder a calma. Uma pitada de perplexidade cruzou suas feições.

— Ele roubou os livros? — o gato perguntou para Nanami.

— Roubou, mas...

— Se fosse até o fim daquela passagem, iria encontrar os livros que ele levou. Mas, me escute, garota... — A voz do gato ficou firme: — Como acabei de falar: não é da sua conta. O que precisa fazer agora é muito simples: ficar quieta, tampar os ouvidos, fechar os olhos e ir embora imediatamente. Vai ser como se nada tivesse acontecido... Aaaai!

O gato gritou quando Nanami estendeu a mão e o agarrou pelo cangote. Ela trouxe o rosto da criatura para perto do seu.

— O... O que você está fazendo? — ele protestou em voz bem alta.

— Você disse que os livros estão lá?

— Me solta! Estou contando tudo isso para o seu bem!

O gato tentou encarar Nanami. No entanto, agora que estava pendurado em sua mão, não parecia nem de longe tão autoritário quanto antes. Tudo o que conseguia fazer era balançar a cauda grossa de um lado para o outro.

— Me conta como podemos pegar os livros de volta! — Nanami exigiu saber.

— Você não me ouviu falar que é perigoso?

— Bom, se é perigoso, significa que tem um jeito. Me conta qual!

O gato olhou de volta para Nanami com uma série de emoções em sua expressão – consternação, irritação, confusão e muito mais.

— E se eu me negar?

Nanami parecia refletir.

— Então, vou continuar te balançando assim até cansar minha mão.

— Isso é ridículo...

— Me provoca! Posso parecer fraca, mas sou mais forte do que imagina. Esses braços carregam pilhas de livros pesados há anos.

O gato parou de falar quando percebeu que Nanami falava sério. Depois de um momento de silêncio, ele murmurou numa voz resignada:

— Pode me soltar.

Nanami o colocou no chão. O gato se sacudiu.

— Você é uma menina muito estranha — constatou ele. — Não está com medo? A maioria dos humanos sairia correndo e gritando se ouvisse um gato falando.

— Então, eu sou uma minoria.

— Não é, não. O resto fingiria não ouvir.

Nanami assentiu.

— No meu caso, levei um susto, mas não tive medo. Estava mais preocupada com algo precioso que tinha acabado de ser roubado.

— Algo precioso?

— A coleção de Lupin.

Embora Nanami continuasse a falar calmamente, o gato devia ter notado o olhar sério nos olhos dela. Ele não fez mais objeções, em vez disso, manteve o olhar no rosto da garota, e sua voz ficou baixa e cheia de curiosidade:

— Você está levando isso bem a sério, né?

Nanami assentiu e indagou:

— Será que uma menina fraca com asma é tão inútil assim?

— A asma não é um problema. E tanto faz ser menina ou menino. Ao final da passagem, a sinceridade e a força no coração são as coisas que realmente importam.

— Eu nem sempre entendo conceitos complicados, mas, se é uma questão de coração, talvez eu possa ajudar. Sou mais durona do que aparento.

O gato encarou Nanami por um tempo antes de voltar a falar:

— De algum modo, isso parece ser verdade. — Ele suspirou profundamente e olhou para a menina. — Quer mesmo vir comigo?

— Sim, se for para ter os livros de volta.

— Não tenho ideia do que acontecerá nesta jornada. Tudo bem, criança?

Nanami assentiu, decidida.

— Primeiro — disse ela, erguendo uma das patas do gato com a mão esquerda e apertando com a direita —, não me chama de "criança". Meu nome é Nanami. Prazer em conhecê-lo.

O gato puxou a patinha.

— Sou o Tigre, o gato malhado — respondeu de mau humor, sem retribuir o cumprimento.

Afinal, por que tinha decidido seguir o gato misterioso? Nanami não sabia explicar.

Tudo o que sabia era que, desde o momento em que ouvira a voz do gato, não sentira medo. Longe disso – sentira algo mais próximo da nostalgia.

Nanami conhecia o medo. Em mais de uma ocasião, pensou que poderia morrer; incapaz de respirar direito, a cabeça latejando, não conseguindo mais ouvir as vozes das pessoas ao redor. E, cada vez que ela chegava nesse beco, quase desistia. Agora, neste dia mais que bizarro, ela não iria desistir de nada. Especialmente no dia em que havia conhecido um gato falante.

— Uau! Todos esses livros...

Seguindo o gato, ela olhou ao redor e suspirou contente. Primeiro, passaram pelas prateleiras habituais de literatura francesa, mas então Nanami se viu caminhando por um corredor desconhecido com estantes de livros banhadas por uma luz suave e azulada. As prateleiras de ambos os lados estavam cheias de livros que ela nunca tinha visto. Eles tinham encadernações e letras com símbolos que ela nem reconhecia. Alguns eram encadernados em couro ou tecido, enquanto outros estavam embrulhados em folhas de papel desbotado. Essas prateleiras se estendiam a perder de vista, abarrotadas de cima a baixo com uma incrível variedade de material de leitura.

— E, no entanto, o mundo está com cada vez menos livros — comentou o gato.

— Menos livros? Como assim?

— Suponho que a mente humana esteja ficando mais fraca. Peninha. — O gato não soou especialmente incomodado. — Enfim, esta não é nossa preocupação agora.

— Sim, os livros que foram levados — disse Nanami. — O homem que os roubou está aqui?

— Isso mesmo. Mas ele nunca fica parado. Talvez a gente nem encontre com ele.

— Se o encontrarmos, qual é plano?

— Conversar.

Surpresa pela resposta racional, Nanami encarou o gato.

Sem parar, ele explanou:

— Já te falei, neste labirinto, a coisa mais poderosa é o poder da sinceridade. Mentiras são completamente inúteis. Portanto, para recuperar os livros, vai precisar ser sincera, falar sua verdade interior.

— Como conversar com o tipo de gente que simplesmente leva livros embora assim?

O gato ficou em silêncio. O único som vinha da sola dos sapatos de Nanami.

— Observação muito astuta — o gato falou, por fim.

— Suas respostas estão me dando ansiedade.

— Tem razão em ficar nervosa. Muitos humanos já se deixaram levar pelas palavras dele e nunca mais recuperam seus livros.

Nanami ficou quieta após essas palavras agourentas.

— Não se preocupe — o gato prosseguiu. — Você não vai morrer, nem nada do tipo. Só vai perder todas as lembranças associadas a esses livros. Ah, e nunca mais vai poder relê-los.

— Isso seria um problema sério.

— Olha só, é a primeira vez que concordamos em algo. Seria um problema para mim também.

Nanami fez uma careta diante do jeito amargo do gato.

— Mas eu acho que dou conta — assegurou ela.

— Surpreendente. Por que acha isso?

— Não sei — Nanami respondeu, completamente calma. — Só tenho a sensação de que vai ficar tudo bem.

A própria Nanami não entendia direito. Andando ao lado desse gato, toda a ansiedade e o nervosismo pareceram derreter. O gato se virou e lançou um olhar frio para ela.

— Otimismo infundado é uma coisa perigosa. "Para os mortais, a segurança é o principal inimigo, que jamais cansa."

Nanami ficou surpresa.

— Uau. Nunca imaginei que ouviria uma citação de *Hamlet* numa situação dessa.

— Por outro lado, suponho que, em vez de choramingos e reclamações o tempo todo, um pouco de otimismo não faria mal — continuou o gato. — Especialmente com um futuro tão incerto.

— Você é mesmo perverso, hein?

— Óbvio. Gatos são assim. — A voz de Tigre ecoou bem mais forte do que o necessário.

Conforme prosseguiam, o ar ficava mais claro.

— Inclusive — o gato falou, dessa vez mais suavemente —, não é *Hamlet*, é *Macbeth*.

A voz dele foi engolida por uma luz branca brilhante.

A luz brilhante começou a diminuir, e Nanami ficou surpresa com o que conseguiu ver. As pilhas de livros na passagem não estavam mais em lugar nenhum. Em vez disso, ela e o gato estavam parados em uma estrada de terra com sulcos, e as estantes de livros de ambos os lados tinham se tornado fileiras de árvores perenes. O sol brilhava forte, e Nanami precisou colocar a mão na testa para proteger os olhos.

— Um castelo...?

De fato, no final da estrada havia uma estrutura de pedra que só poderia ser descrita como um castelo. Na frente, imponentes reparos e, além, muralhas e uma grande torre. Posicionadas em vários pontos, havia o que se assemelhava a bandeiras heráldicas, exceto que não tinham brasão; eram apenas de um cinza sólido. Soldados montavam guarda; armas de cano longo que pareciam mosquetes antigos penduradas sobre os ombros. O portão do castelo era um arco gigante do qual uma ponte levadiça resistente, suspensa por uma corrente, projetava-se sobre um fosso profundo.

Com certeza, era um castelo.

De repente, a terra pareceu tremer quando uma carroça puxada por cavalos surgiu da floresta atrás da dupla. Nanami pulou para o lado e ficou olhando enquanto ela acelerava seu caminho pela ponte levadiça e portão do castelo adentro.

— Tantos soldados — comentou Nanami ao espiar pelo portão por onde a carroça tinha desaparecido. Guardas com mosquetes montavam guarda ali também. — Eles vão atirar?

— O que foi? De repente, ficou com medo?

— Pessoalmente, acho mais estranho quem não fica com medo ao ver uma arma — retrucou ela.

— Não ligue para eles — o gato falou com seu sossego de sempre. — É só teatro. Os poderosos de verdade não precisam exibir armas. Quanto mais fraco, mais você sente necessidade de se exibir.

Com isso, ele caminhou em direção ao portão. Nanami o seguiu.

Por fim, eles o alcançaram, e os dois guardas de cada lado da ponte de madeira apenas os saudaram. Suas armas permaneceram paradas, mas Nanami se assustou quando viu os rostos deles. Ambos tinham pele baça e acinzentada. As expressões eram vazias, e as feições, estranhamente indefinidas; no momento em que ela desviou os olhos, não conseguia mais se lembrar de como eram aqueles rostos.

— Eles possuem todos os mesmos rostos e não parecem muito bem... — disse ela.

— São os homens cinzentos — explicou o gato. — São todos iguais.

De fato, todos os soldados visíveis além do portão — aqueles que montavam guarda no alto das ameias, os que cuidavam dos cavalos e até mesmo o cocheiro que tinha acabado de chegar — tinham o mesmo rosto cinza. O contraste entre o tom pálido idêntico da pele deles e o sol reluzindo sobre eles era assustador.

— Os homens cinzentos... — Nanami disse em voz baixa enquanto atravessavam as trincheiras de pedra castelo adentro. — Eu li sobre eles em um livro.

— Isso é uma informação valiosa.

— Como assim?

— Hoje em dia, poucos ainda sabem a respeito deles — falou o gato, sem olhar para trás. — Contudo, são extremamente perigosos. As pessoas costumavam conhecer essa ameaça, e escreviam sobre ela em livros. Agora, esse conhecimento foi esquecido.

Havia um traço de melancolia na voz habitualmente distanciada do gato.

— Você diz que foram esquecidos, mas não acho que serei capaz de apagar esses rostos assustadores da minha mente.

— Valorize essa sensação incômoda. O mundo inteiro está gradualmente se afogando no cinza. A maioria nem percebe esses seres dando um jeito de se embrenhar na vida cotidiana.

De repente, parecia que o céu tinha se alargado acima. As paredes de pedra tinham chegado ao fim, e eles emergiram em um grande pátio aberto.

A cena ali era ainda mais bizarra.

Bem no centro havia o que parecia um altar. Nele, fogo queimava e fumaça preta subia ao céu. Os soldados de rosto cinza estavam ocupados carregando caixas de madeira para o altar e tirando objetos delas para jogá-los no fogo. Outros soldados permaneciam rígidos e imóveis, aparentemente montando guarda. De vez em quando, soavam gritos e chamados, mas, como todos tinham a mesma expressão pálida e imutável, a vivacidade era apenas ilusão. A cena toda era estranhamente irreal.

Houve uma comoção logo atrás. A carroça estava de volta. Passou por Nanami e parou em frente ao altar. Soldados imediatamente se aglomeraram ao redor e começaram a usar ancinhos e pás para arrastar a carga para fora. Nanami franziu a testa quando reconheceu o conteúdo que caiu no chão.

Eram livros.

Livros de todos os formatos e tamanhos espalhados no chão como lixo.

— Tudo isso é livro? — ela questionou o gato.

— Sim. Estão trazendo-os do mundo todo e queimando-os aqui.

— Por quê?

— Porque acham que é a coisa certa a fazer.

Mas isso não era motivo.

Os soldados rastelaram os livros e os jogaram nas caixas de madeira. Então, carregaram as caixas até o altar, onde os jogaram, um após o outro, no fogo. As chamas saltaram mais alto.

Observando a carroça partir novamente, Nanami se virou para o gato:

— Estou até com medo de perguntar: os livros do Lupin já estão no fogo?

— Acho que não... Apenas livros fracos são queimados aqui. Os homens cinzentos não conseguem lidar com livros fortes. Estes são levados para outro local. A questão é: aonde?

Assim que o gato terminou de falar, Nanami teve a estranha sensação de que alguém a chamava e virou a cabeça.

Na verdade, não tinha ouvido uma voz, mas, enquanto examinava os arredores, seu olhar foi atraído para uma grande torre do outro lado do pátio. Na base dela, havia uma escadaria impressionante, larga o suficiente para que cinco ou seis pessoas pudessem caminhar lado a lado, sem aperto.

— O que tem ali?

— Bem, obviamente é a edificação central do castelo: a torre de menagem.

— Acho que eles estão lá.

Nanami já tinha começado a andar. O gato estreitou seus olhos verde-jade por um momento, então a seguiu sem dizer mais nada.

Esquivando-se do altar fumegante, Nanami se aproximou do pé da escada. Ela ficou cara a cara com mais guardas idênticos de rosto cinza, mas eles mal reagiram. Simplesmente a saudaram e não fizeram nenhum movimento para bloquear seu caminho.

— Estranho, não? — comentou o gato. — Era para eu ser o guia, mas parece que você está me conduzindo.

Nanami sorriu após o comentário e começou a subir a escadaria.

Não era muito íngreme, apesar da quantidade de degraus. Quando chegou ao patamar, Nanami precisou parar e colocou a mão sobre o peito. Respirou fundo.

— Você está bem? — perguntou o gato.

— Por enquanto.

Honestamente, Nanami estava um pouco preocupada sobre como seu corpo reagiria. Afinal, estava aqui neste lugar estranho, e seu nível de ansiedade aumentava. Eles já tinham caminhado uma distância considerável para chegar ao castelo e agora acabava de subir um longo lance de escadas. Não havia como saber qual movimento repentino poderia despertar o cavalo furioso no fundo de seu peito.

No entanto, estranhamente, não sentia medo, e sua respiração permanecia calma.

— Você é forte — assinalou o gato.

— Não mesmo. Minha amiga Itsuka sempre está me lembrando de como sou fraca, que preciso tomar cuidado.

— Não estou falando do seu corpo. Estou falando da sua mente.

E, com esse comentário enigmático, o gato voltou a atenção para o interior da torre. De fora, parecia uma estrutura simples, mas por dentro se depararam com um corredor surpreendentemente longo. O teto era alto, e um tapete vermelho-vivo se estendia pelo corredor. Cada lado com sua fileira de colunas grossas; e, nos corredores menores que se ramificavam, havia escadas em espiral que subiam. Um soldado de rosto cinza montava guarda ao pé de cada coluna.

Nanami foi em frente pelo corredor. Graças ao carpete grosso, seus passos eram quase imperceptíveis. As sucessivas colunas idênticas guardadas pelos sucessivos soldados idênticos davam a impressão de terem entrado em um mundo de ilusão de ótica, desses dos livros infantis.

Por fim, Nanami e o gato se viram diante de pesadas portas de madeira.

— Quem vem lá? — indagou o soldado pálido de guarda na porta. A postura e a expressão dele não mudaram nem um milímetro, e a voz estava completamente sem inflexão. Ele nem mesmo os olhou nos olhos. — Para além desta porta, está o Grande Salão do General. O que procuram aqui?

— Viemos falar com o General — o gato retrucou com uma voz confiante.

O soldado não respondeu de imediato. Virou a cabeça cinza ligeiramente na direção do gato e de Nanami, com olhos inexpressivos.

Nanami estremeceu, mas depois de alguns segundos o soldado se endireitou abruptamente e bateu os calcanhares.

— Visitantes para o General! — berrou ele.

Após uma breve pausa, a frase começou a ressoar pelo castelo, pois cada soldado a repetiu:

— Visitantes para o General!

— Visitantes para o General!

Exatamente as mesmas palavras, na mesma voz e com a mesma entonação, ecoaram pelas paredes. Assim que as vozes distantes não eram mais ouvidas, as grandes portas começaram a se abrir lentamente.

— Vamos. — A voz do gato, calma e grave, ressoou pelo recinto.

Para além das portas, o tapete vermelho continuava a correr por um cômodo grande – um amplo salão. Lustres opulentos pendiam do teto.

Do outro lado, a parede era coberta por uma cortina cinza simples. Abaixo da cortina, elevada três degraus em uma espécie de plataforma, havia uma poltrona de veludo carmesim que exalava um ar de autoridade.

Enquanto o tapete central era intensamente iluminado, as paredes de ambos os lados ficavam nas sombras. Nanami notou soldados parados, com a postura rígida e em posição de sentido, a vários metros de distância; estremeceu instintivamente.

— Este lugar não é muito receptivo — murmurou ela.

— Não tenha medo. Como falei, os poderosos não exibem armas sem necessidade — o gato a acalmou antes de adentrar mais o recinto.

Ela o seguiu, mas seu olhar caiu sobre uma série de grandes cubos brancos colocados em intervalos iguais de ambos os lados do tapete. De longe, não conseguiu distinguir o que eram, mas agora via que eram mesas de mármore polido, do tamanho das escrivaninhas que ela costumava usar na biblioteca, embora não tivessem gavetas ou mesmo pernas; eram simplesmente cubos brancos puros. Era como se alguém tivesse alinhado fileiras de dados brancos gigantes.

O que chamou a atenção foi o que estava exposto no topo de um desses dados.

— *Vinte mil léguas submarinas* — falou, assombrada. A obra de arte de Júlio Verne estava aberta sobre aquela mesa. — E um dos volumes de O *Senhor dos Anéis*. Parece algum tipo de exposição de tesouros.

De fato, em cada uma das mesas de mármore – cerca de dez a vinte – havia uma obra literária diferente, iluminada pelos lustres brilhantes no alto.

— *Doutor Dolittle*... *A ilha do tesouro*... *Moby Dick*...

— Conhece todos? — perguntou o gato.

— São os livros que mais amei ler. São como amigos para mim.

— Entendi. Você tem bons amigos.

Nanami foi de mesa em mesa, descobrindo em uma *Os três mosqueteiros* e alguns volumes da série de D'Artagnan, e em outra o livro infantil *Frederico*. Eram todos livros que tinham desaparecido da biblioteca. Quando chegou à mesa mais perto da poltrona de veludo, ela parou.

Sobre o mármore branco polido estavam dez livros bem gastos. Lombadas desbotadas e cantos esfarrapados de uma forma que Nanami reconheceu. Ali estavam os volumes perdidos de *Arsène Lupin, o ladrão de casaca*.

— Bem, vocês são convidados inesperados.

Com um sobressalto, Nanami olhou para cima. Na plataforma, havia surgido um sujeito grande vestido com um terno cinza e chapéu de caçador combinando. Era o homem da biblioteca. Ele estava ladeado por dois guardas, cada um ostentando uma série de medalhas brilhantes.

Um tapete vermelho, um vasto salão, soldados em uniformes antiquados – no meio dessa cena o homem de terno, perfeitamente calmo e composto. Isso por si só já era bem bizarro, mas, quando o homem tirou o chapéu de caçador, Nanami se afastou, enojada.

Ele tinha o mesmo rosto cinza inexpressivo de todos os soldados. No entanto, diferente da aparência vazia de marionete dos outros homens, este tinha características distintas. Um nariz adunco proeminente, bigode preto como azeviche e olhos cinzentos penetrantes lhe davam uma presença marcante.

O homem depositou o chapéu nas mãos de um dos guardas, avaliou Nanami com o olhar e fez uma reverência superficial.

— Bem-vinda ao Grande Salão do General.

— Grande Salão do General?

— Sim, o Grande Salão pertence ao General — repetiu o homem com ar grandioso.

— E você é o General?

— Obviamente. — Com um floreio exacerbado, o General Cinzento ofereceu a mão direita. — Estou muito feliz que veio. Recebemos poucas visitas. É muito bem-vinda.

Como em uma sala de concertos, a enorme sala reverberou com a voz profunda do General. Por fora, pelo menos, ele parecia calmo e cortês; no entanto, projetava um intenso quê de ameaça.

Ele moveu o olhar para baixo, para as adjacências dos pés de Nanami, e franziu as sobrancelhas grossas.

— Então, você veio também. Há quanto tempo. Achei que já tivesse desistido, a essa altura.

Nanami olhou para o companheiro.

— Vocês se conhecem? — perguntou ela.

— Infelizmente, sim — o gato explicou de modo frio. — Mas não somos amigos.

Tigre fuzilou com o olhar o homem na plataforma.

— General, viemos levar os livros de volta.

— Já estou farto dessa conversa. Como expliquei mil vezes: é pelo bem da humanidade. Vocês querem atrapalhar isso?

— Que bela desculpa — murmurou Nanami. — Pegou esses livros sem permissão e diz que é pelo bem da humanidade? O Sr. Hamura iria ficar ultrajado.

— Você é uma menina corajosa. — O General ouvira o protesto murmurado de Nanami e prosseguiu. — Você não está me entendendo. É verdade que fomos nós que pegamos os livros da biblioteca; é inevitável, é necessário, é incontornável e precisa ser feito.

— Não sei você, mas quando eu pego um livro da biblioteca, preciso seguir as regras de empréstimo. Não importa se é uma criança ou um general: é errado levar o livro sem registrar no balcão.

Era verdade. Nanami não conseguiu evitar desejar que o Sr. Amargo estivesse lá agora para explicar o procedimento com uma boa dose de sarcasmo e comentários irônicos.

O General continuou a sorrir e até levantou uma sobrancelha em aparente admiração.

— Uma menininha não só corajosa, mas sábia também.

Ele se virou e se acomodou na poltrona; um homem de rosto cinza em um terno cinza, sentado em uma cadeira de veludo opulenta. Cruzou as pernas. De cada lado, estava flanqueado pelos guardas com seus mosquetes antiquados. A cena era iluminada pela luz brilhante dos lustres bem em cima.

Algo estava errado. A cena toda era estranha, de alguma forma descombinada. Era como uma fotografia mal composta.

— Acho que você ainda não entendeu a situação — continuou o General. — Portanto, recomendo evitar pular para as conclusões. Estamos agindo para o seu bem. Com o tempo, compreenderá.

O General de terno cinza olhou para o lustre reluzente com olhos melancólicos.

— É muito difícil queimar um livro. — Suspirou. — Acho que você viu isso no seu caminho para cá. O pátio está cheio de livros do mundo todo, e os soldados têm que trabalhar muito duro para mantê-los queimando. Os livros não param de chegar e é uma tarefa de tempo integral reduzi-los a cinzas e fumaça. E, mesmo assim, nem todos os livros se submetem à incineração. Os mais potentes oferecem uma boa luta. — O General fez um gesto para abarcar o salão. — Esses livros poderosos estão reunidos aqui para que seu poder enfraqueça. Aqui eles jazem intocados, e, uma vez esvanecidos da memória das pessoas, até mesmo o mais resiliente dos livros achará difícil resistir para sempre. É para isso que serve este salão.

— Posso fazer uma pergunta muito básica? — Nanami falou em uma voz direta, que também ecoou pelo recinto.

O General baixou a mão e a direcionou para Nanami.

— Vá em frente.

— Por que queimam os livros?

— Bem, a resposta é simples. — Ele alisou o bigode. — Eles são perigosos.

Nanami ficou chocada com essa resposta inesperada. O General se levantou e começou a andar pela plataforma como se fosse o palco, e ele, um grande ator.

— Livros são extremamente perigosos — continuou ele —, sobretudo os antigos, passados de geração em geração; aqueles que incontáveis pessoas ao longo do tempo e pelo mundo todo seguraram em suas mãos.

— Livros são perigosos?

— Sim, perigosos. Bem, claramente não estou dizendo que todos os livros sejam perigosos. Há muitos livros inofensivos que carregam conhecimento comum. E não nego a utilidade dos que proveem simples entretenimento. A maioria, porém, não é assim. Em especial estes aqui expostos. Eles desviam as pessoas do caminho.

Obviamente, o silêncio de Nanami não se deu porque havia sido convencida pelas palavras do General. Foi porque seu apego pessoal aos livros era pelo menos duas ou talvez até três vezes maior do que o de uma pessoa comum. Se houvesse um contra-argumento óbvio, ela o teria iniciado imediatamente. Mas o discurso era tão ridículo que ela não conseguia encontrar uma maneira de responder. Nada disso fazia o menor sentido.

— O mundo está mudando numa velocidade muito rápida. — O General caminhou até a extremidade esquerda da plataforma, então se virou com um floreio e retomou sua exposição: — Não há nada proveitoso em livros antigos. Na verdade, estão cheios de erros. E, ainda assim, há pessoas que insistem em lê-los e se apegam ao lixo inútil que foi escrito em tempos passados. Basta olhar para os que temos expostos aqui. Desatualizados, presos nas tradições feias e perversas do passado. As pessoas não devem ser limitadas por esses costumes dos tempos de outrora. Os seres humanos são mais livres agora. Levam vidas mais ricas do que nunca.

— Isso não significa que... — Não que Nanami finalmente tivesse encontrado as palavras para revidar, mas percebeu que, se não interviesse logo, o discurso do General poderia durar uma eternidade.

— Isso não significa que precise queimar estes livros. Lê-los ou não é a única decisão. Individual.

— Está iludida. — O General olhou para ela com piedade. — Olhe este mosquete, por exemplo. — Ele se aproximou de um dos guardas e estendeu a mão para alisar o cano polido da arma que o homem segurava, quase como se estivesse acariciando um pequeno animal. — Um mosquete, à primeira vista, é um objeto decorativo aparentemente inofensivo e elegante. Mas, nas mãos de alguém, ele se torna um equipamento perigoso ao extremo. Com apenas o movimento de um dedo indicador, pode atirar e matar a pessoa na sua frente. O mesmo vale para os livros. Não há problema com um monte de livros velhos se estão lá apenas para fazer sua estante parecer bonita. Mas muitas pessoas os manuseiam sem cuidado. Portanto, estamos fazendo tudo o que podemos para reunir esses livros o mais rápido possível e transformá-los em cinzas.

O General tirou a mão do cano da arma e se virou para Nanami. Ele estava com as costas bem eretas.

— Tudo bem. Não precisa se preocupar com coisas tão complexas.

A postura e o tom arrogantes permaneceram os mesmos; agora, porém, havia um toque de doçura na voz. Nanami sentiu seu corpo começar a relaxar, e por um momento teve uma sensação estranha como se estivesse sendo gentilmente erguida do chão e abraçada pelo som suave.

— Não se preocupe com nada. Deixe tudo conosco.

Aquela voz profunda e persuasiva preencheu o salão inteiro, envolvendo tudo no local. O General abriu os braços como se quisesse abraçar não apenas as dúvidas de Nanami, mas todo o seu ser.

Por um segundo, ela entrou em transe. Então balançou a cabeça como se quisesse se livrar do calor sufocante que se agarrava a ela e olhou de volta para o oponente. O que ela viu a fez perder o fôlego: seus olhos estavam tão vazios quanto duas contas de vidro.

Algo estava definitivamente errado...

E então veio outro pensamento – um que quase escapou para aquele vasto espaço vazio; bem a tempo, ela estendeu a mão e agarrou-o, trazendo-o de volta para sua mente.

As palavras do General, "Não se preocupe com nada. Deixe tudo conosco", costumavam ser usadas para fornecer segurança, paz de espírito. Mas, naquele momento, naquele lugar, pareciam distorcidas.

Colocou a mão no pescoço. Embora não estivesse quente, ela estava suando. Um suor frio muito desagradável.

— Está vendo como ele é assustador? — o gato perguntou com a voz séria, mas seu tom grave tinha um poder calmante sobre Nanami.

— Sim, tá tudo errado. Ele é tão imponente, cheio de confiança, mas... Há algo muito sinistro nele.

— Para ser capaz de sentir isso, é necessário um coração muito forte. E como eu disse antes: aqui, o que vale é a sinceridade e a força do coração.

— Mas a sinceridade...

— Este General guerreia de forma degenerada. Ele não é sincero em suas intenções. Ele fala, mas não diz nada. Ele arranca a verdade de seus visitantes e se apodera delas.

Quantas frases complexas.

O gato continuou com a naturalidade de sempre:

— Nem todo mundo tem um coração tão forte quanto o seu. Na verdade, a maioria das pessoas não tem. Essas pessoas de coração fraco caem com facilidade na armadilha da autoconfiança excessiva de outras pessoas. Tomar as próprias decisões e agir por si só requer assumir responsabilidade. E, então, essas pessoas param de pensar por conta própria. É mais fácil deixar tudo para o outro. E é assim que, no final, elas acabam abandonando suas verdades pessoais

— É isso o que quis dizer quando falou: "Muitos humanos já se deixaram levar pelas palavras dele"?

— Isso mesmo. Nem importa o que o General diz em seus discursos. Aqueles que abandonaram as próprias verdades simplesmente param de pensar. Afundam em uma ilusão infantil de que algum grande general transbordando confiança resolverá tudo para eles. Não há nada mais confortável do que, sem nenhuma preocupação no mundo, cochilar no banco de trás de um carro dirigido por seu pai. Eles nem consideram que chegará um momento em que terão que assumir o volante. Muitos adultos, não importa a idade que tenham, continuam sendo crianças no coração.

Nanami sentiu como se estivesse sufocando, embora dessa vez não fosse por causa da asma. Honestamente, não tinha certeza sobre a força do seu coração, mas sabia que ninguém protegeria seu corpo frágil além dela mesma. Parar de pensar por si seria como deitar e esperar que alguma pessoa gentil notasse seu ataque de asma. E esse era um cenário muito assustador, de fato.

— E então, garota? — A voz trovejante do General interrompeu esses pensamentos. Ela olhou para cima, e ele permanecia orgulhoso na plataforma, com os braços esticados como antes. — Hora da decisão — anunciou ele. — Venha... Bem, na verdade, não há necessidade de tomar decisão alguma. Pode me seguir despreocupada.

Suas duas contas ocas estavam fixadas em Nanami. Uma voz forte, gestos de comando, palavras gentis e um sorriso sutil...

Por trás disso, absolutamente nada.

— Quem é você?

Ela não tinha pensado; a pergunta simplesmente saiu. Sua voz parecia baixa, mas ainda ecoou pelo Grande Salão do General.

O General levantou uma sobrancelha.

— Por essa eu não esperava. Você é a primeira visitante que me pergunta isso.

— Você é estranho.

O General não reagiu. Ela acrescentou:

— Tem algo estranho. Certeza.

— Algo tipo o quê?

— Não sei exatamente, mas parece que falta algo importante.

O General pareceu surpreso com isso. Ele inclinou a cabeça ligeiramente e acariciou o bigode com dois dedos gordos.

— Entendo. Pode ser verdade — murmurou ele. — É, você deve ter razão. — Ele voltou seu olhar apavorante para Nanami. — Muito bem. Por respeito, darei uma dica. Eu sou aquele que anda ao seu lado.

A voz que ecoava nas sombras era controlada, mas completamente desprovida de sentimento. Opressiva e pesada, e ao mesmo tempo tão informe quanto água. Ele parou ao lado da poltrona e fez um grande gesto ao tirar um relógio de bolso da camisa.

— Sinto muitíssimo, está na hora. Preciso ir coletar os próximos livros. Ainda há muitos livros danosos à solta pelo mundo. — Ele pegou o chapéu de caçador das mãos do guarda e virou-se para Nanami. — Não há mais nada a dizer. Vá para casa. Claro, precisará dizer adeus a todos os livros desta sala. Pegue essas boas e velhas histórias e guarde-as no depósito da sua mente. E aproveite para trancafiá-las corretamente. Dessa forma, elas não lhe trarão de volta.

De chapéu na mão, ele fez uma profunda reverência. Sinal de que a reunião chegara ao fim.

Nanami permaneceu inerte enquanto o General, flanqueado pelos dois guardas, descia da plataforma.

— Nanami?

Ignorando o gato, ela se aproximou da mesa de mármore mais próxima.

— Posso não entender todas as coisas complexas, mas eu tenho certeza de uma coisa. — Ela esticou a mãozinha para perto do livro. — Nunca me esqueço de um livro precioso.

Assim que as pontas dos dedos estavam prestes a tocar a capa do livro, houve uma explosão ensurdecedora. Depois que as reverberações cessaram, Nanami ouviu a voz do General:

— Você não pode fazer isso. Pertence à minha coleção.

Ela viu o General parado na beirada da plataforma. À esquerda e à direita dele, os guardas apontavam os mosquetes diretamente para Nanami. Não só isso: cada soldado ao longo das paredes do salão apontava uma arma para a garota ou para o gato.

Nanami tentou manter os olhos fixos nos dele, mas hesitou. Ela viu algo sinistro sob o olhar frio e vítreo. O General falou:

— Não se preocupe, foi um tiro de festim. Mas, conforme mencionei antes, estes mosquetes podem ser perigosos. Não garanto o próximo tiro.

Nanami estava ciente de que o suor escorria dela. Ela olhou para o gato aos seus pés.

— Pensei que fosse tudo teatro — sussurrou ela.

— Eu estava errado. Ele se tornou mais poderoso. Ele mudou.

— Como ele era antes?

Em vez de responder, o gato começou a recuar lentamente.

— Precisamos ir, Nanami. Irritar o General não é uma boa ideia.

— Você quer fugir?

O gato pareceu surpreso com a força dessa reação.

Nanami não tinha intenção de recuar. Ela permaneceu exatamente onde estava, fitando o General em sua plataforma. Não prestou atenção em nenhum dos soldados ou nas armas que apontavam. Claro, sentia medo, mas havia outra emoção feroz borbulhando no peito. O General dissera que os livros eram perigosos, e era por isso que ele os queimava. Ela não sabia o que isso significava, mas, se fugisse agora sem entender, então se arrependeria para sempre. Tinha certeza, e tinha desde o momento em que pisou naquele corredor azul-claro iluminado de estantes de livros, que hoje não era um dia para desistir.

E foi nesse momento que aconteceu...

De uma vez, ela foi cercada por uma luz pálida. Virou-se, surpresa, ao ver que vários dos livros alinhados nas mesas de mármore começaram a brilhar.

Enquanto observava, a luz suave deles se tornou mais e mais faiscante até que todo o Grande Salão do General foi preenchido pelo brilho deslumbrante.

— O que está acontecendo?

Pela primeira vez, um olhar de confusão apareceu no rosto do General. No mesmo momento, os soldados que miravam seus mosquetes em Nanami e no gato começaram a entrar em pânico, correndo de um jeito bizarramente frenético. Toda a precisão mecânica havia desaparecido. Alguns até tentaram fugir e acabaram colidindo com outros soldados ao redor.

Vinte mil léguas submarinas brilhava.

Menino prodígio cintilava.

Frederico e *Uma lagarta muito comilona* irradiavam uma brancura deslumbrante.

— Não entrem em pânico! — o General berrou com os soldados. — São só os livros reclamando.

Os soldados não davam ouvidos. Tamanho terror era quase cômico. Alguns se deitaram no chão com as mãos sobre a cabeça.

Por outro lado, embora o brilho dos livros fosse intenso, Nanami não sentiu o menor desconforto, muito menos perigo. Uma incrível sensação quente e revigorante inflava em seu peito.

— Ei — chamou ela num sussurro —, gatos correm bastante?

— Do que você está falando? — replicou o gato. Mas, ao compreender as intenções de Nanami, seus olhos verde-jade se arregalaram.

Ao redor, livros irradiavam luz, e os soldados estavam numa confusão. Alguns agarravam os pilares, ou simplesmente tremiam, com os olhos fechados.

— É arriscado demais. Não tenho ideia do poder de fogo desses mosquetes.

— Então vamos simplesmente fugir de volta pra casa com o rabo entre as pernas? — quis saber Nanami.

— Odeio admitir, mas não vejo opção. — Nesse instante, o gato se deu conta de algo. — E você? Corre bastante? Consegue pelo menos correr um pouco?

— Só por um minuto — respondeu a menina. — Se eu puder me aquecer antes, consigo um pouco mais.

Nanami estava fazendo o melhor que podia para acrescentar humor à situação, mas o gato não estava achando graça nenhuma. Parecia que os livros não ficariam acesos indefinidamente; algumas luzes já fraquejavam. Se parassem de brilhar por completo, havia o risco de que o pânico dos soldados diminuísse.

— Não podemos levar todos. Vou pegar um.

— Essa menina... — resmungou o gato.

Nanami olhou feio para ele.

— Já disse que nunca me esqueço de um livro precioso.

Havia um leve sorriso nos lábios dela.

O gato ficou mudo por um momento, depois respirou fundo.

— Tá certo. Conto com você.

Esse era o sinal.

Num piscar de olhos, Nanami agarrou *A agulha oca* da coleção de Arsène Lupin e correu para a saída.

Parecia que o General não esperava o movimento, pois tudo o que ele conseguiu fazer foi rugir incompreensivelmente. Ele partiu atrás de Nanami e sua voz mudou para um grito:

— Pare!

Enquanto Nanami corria, a luz por toda a sala parecia brilhar com ainda mais intensidade, como se para ajudar na fuga. Passou pela porta e saiu do Grande Salão, apenas para descobrir que o resto dos soldados devia ter ouvido a comoção e começado a se reunir nos degraus da entrada da torre. A luz do Grande Salão do General não tinha poder para alcançar tão longe.

O gato rapidamente mudou de direção e voou para um corredor lateral, com Nanami logo atrás. Na sombra de uma das colunas enormes, avistaram uma escada em espiral. Ainda seguindo a liderança de Tigre, Nanami subiu a escada correndo em uma única golfada de ar, emergindo no topo da muralha do castelo. Por um golpe de sorte, todos os soldados antes estacionados lá já tinham corrido para baixo. Não restara ninguém lá em cima sob a linha de bandeiras cinzentas tremulando ao vento. Nanami e o gato correram impetuosamente ao longo das ameias desertas, o vento assobiando ao redor.

— Há anos não corro assim...

Os pensamentos de Nanami foram interrompidos por uma explosão repentina de som. Os soldados ao redor do altar no pátio estavam atirando nas ameias. Enquanto os tiros ecoavam, Nanami apertou o livro com ainda mais força contra o peito.

— Será que são todos de festim?

— Não fica pensando nisso!

Havia uma pequena torre no final do muro, diretamente acima do portão do castelo. Descer os degraus dentro dela seria a maneira mais rápida de sair.

Quando chegaram lá, Nanami sentiu uma sensação estranha na garganta.

— Acho que não consigo muito mais tempo.

— Só mais um pouquinho. Cadê aquela sua força?

— Não me provoca. Estou dando o meu máximo.

Enquanto desciam as escadas apressadamente, perceberam que havia soldados subindo a escadaria. O som de pés marchando, firmes e rítmicos, ficava mais alto a cada passo. A dupla se virou e correu de volta para cima, apenas para encontrar uma coluna de soldados marchando na sua direção. Todos os soldados tinham o mesmo rosto cinza e a mesma expressão vazia. Era uma visão assustadora.

— Fim da linha... — Nanami murmurou.

Ela deu um sorriso irônico, a respiração saindo em leves chiados. Com as baionetas em punho, os soldados se aproximaram em uma formação quase ridiculamente perfeita.

— O que acontece agora? — perguntou ao gato.

— Eu não sei.

— Não vou conseguir voltar pra casa, né?

— Também não sei. — O gato balançou a cabeça e virou seus olhos verdes para os soldados que se aproximavam. — Devo desculpas. Eu nunca devia ter trazido você pra cá. Fui muito ingênuo.

Fazendo o possível para controlar a respiração, Nanami se ajoelhou e colocou a mão suavemente sobre a cabeça do gato.

— Em momentos assim, não precisa se desculpar. Na verdade, quero te agradecer. Afinal, viemos juntos. — O gato, bastante confuso, observou Nanami secar o suor da testa e sorrir. — Eu me diverti muito.

E foi então que uma portinhola no topo da torre se abriu. Estava bem atrás deles, mas, até o momento, não haviam notado. Ao mesmo tempo, ouviram uma voz:

— Por aqui!

Nanami olhou o gato.

— Amigo seu?

— Não faço ideia.

— Não ajudou em nada — murmurou Nanami.

E, com essa troca apressada, a menina e o gato se jogaram pela porta. Assim que passaram, ela se fechou atrás deles. Naquele instante, todo o caos do Grande Salão do General e das ameias – os gritos e tiros – desapareceu como se nunca tivesse existido.

Pressionando a mão no peito, Nanami olhou ao redor. Esperava se encontrar no chão de pedra de um pequeno quarto do castelo, mas o que surgiu estava muito além de suas expectativas. Diante dela, uma longa passagem, banhada mais uma vez por uma luz branco-azulada, emoldurada com fileiras infinitas de estantes, lotadas com muitas fileiras de livros.

Era a mesma passagem misteriosa na qual haviam entrado para chegar até a torre.

— Chegaram bem a tempo.

A voz era gentil. O dono dela se afastou da porta que acabara de fechar e se moveu para a luz. Era um jovem de óculos com um sorriso amigável no rosto. Embora não fosse particularmente alto, a maneira como se movia com facilidade lhe dava uma presença maior. Parecia ter vinte e poucos anos. Ele observou Nanami com olhos calmos e inteligentes.

— Nanami? — chamou o gato. — Antes de mais nada, tome seu remédio.

Nanami foi sacudida de volta à realidade. Ainda sentada no chão, tirou o inalador do bolso e o colocou na boca. Começou a respirar, mas foi tomada por um ataque de tosse. A visão ficou turva.

O jovem se ajoelhou ao lado.

— Depois de descansar um pouco, vai conseguir andar? — disse ele, passando a mão nas costas dela.

— Talvez... Acho que sim.

— Não force — disse ele. — Mas, se achar que for capaz, precisamos seguir em frente. Dar o fora daqui.

Apesar da urgência da situação, o rapaz parecia relaxado, e não havia nenhuma sensação de obrigação sobre ela. Depois de ouvir a voz opressiva do General, a maneira de falar desse jovem acalmou o coração de Nanami e a encheu de um calor agradável.

O rapaz pegou a cópia de A *agulha oca* que Nanami havia colocado no chão.

— Fez bem em trazê-lo de volta.

— Você conhece esse livro?

— É claro. É um dos mais famosos do mundo. — Havia uma dose de humor nas palavras. Ele devolveu o livro para Nanami e se voltou para o gato: — Há quanto tempo?!

Os olhos de jade faiscaram para ele, mas por um momento não houve resposta. Depois de alguns segundos, o gato abriu a boca e falou em seu tom desapegado de sempre:

— Sim. Quantos anos se passaram?

— Uns dez.

— Tudo isso! É por isso que você está tão alto...

Enquanto Nanami olhava, curiosa, o jovem sorriu e assentiu. Um indício de sorriso até pareceu cruzar as feições do felino antissocial.

Ela não conseguiu se segurar e interrompeu:

— Vocês se conhecem?

— Somos velhos amigos — explicou o gato.

E, de repente e de modo carinhoso, o bichano sorriu para o rapaz.

— Obrigado por vir, Sr. Proprietário.

O jovem assentiu outra vez, calorosamente.

CAPÍTULO 2

AQUELE QUE FOI CRIADO

— Você tá bem, Nanami?

Itsuka subiu até o topo do longo lance de escadas na estação e virou a cabeça para checar a amiga. Nanami, logo atrás, respirou fundo antes de responder:

— Não se preocupe. Estou indo devagar.

Levou a mão cautelosamente ao peito. Até agora, tudo bem – nenhum sinal de perigo. Respirou fundo e começou a subir os degraus.

Era uma manhã de domingo; não havia muitas pessoas por perto. Ainda assim, as escadas desta estação de trem desconhecida pareciam se estender por muito mais tempo do que ela esperava. Estava excepcionalmente frio quando ela acordou naquela manhã, então se agasalhou; agora sentia gotas de suor na testa. Não estava acostumada a fazer tanto exercício e também estava nervosa. Por enquanto, sua asma estava sob controle, mas Nanami sabia que, caso se empolgasse demais e começasse a correr, não seria bom para ela. Manteve o ritmo lento e constante, um passo de cada vez.

— Acho que nunca fui para uma estação tão longe.

A resposta de Itsuka foi direta como sempre:

— Isso é porque você só vai da sua casa para a escola e depois para a biblioteca.

— Acho que é a primeira vez que pego o trem sem meu pai.

Itsuka pareceu surpresa, mas sabia que não deveria oferecer desnecessárias palavras de empatia.

— Uma vez, tive um ataque de asma no trem e uma ambulância precisou vir me pegar na estação. Então, acho que ele não quer que eu ande de trem sozinha.

— E desta vez ele deixou?

— Não falei nada sobre andar de trem. Só avisei que ia sair com você.

— Uau, Nanami! — Itsuka parecia chocada.

— Bom, se eu tivesse pedido, ele não teria deixado — Nanami explicou com uma risada nervosa.

Naquele momento, um grupo de uns cinco garotos do ensino fundamental subiu as escadas a toda velocidade, passando por Nanami como uma rajada de vento.

— Outro dia, cheguei em casa um pouco atrasada e ele ficou tão bravo — continuou ela.

— Acho que ele se preocupa com você.

— Acho que sim, mas ele anda bem exausto por conta do trabalho. Sempre chega em casa muito tarde. Acho que ele devia prestar atenção na própria saúde também.

O pai de Nanami costumava levá-la à biblioteca; agora esses passeios eram uma lembrança distante.

— É a mesma coisa pra mim. Meus pais trabalham o dia inteiro. Sempre tão ocupados, nunca têm tempo de ficar com a gente. Duas rendas, mas de algum modo ainda falta dinheiro. A vida é dura, né?

Nanami sorriu com a frase de adulta da amiga. Quando enfim chegaram ao topo da escada, Itsuka virou-se para ela e perguntou:

— Você vai ficar bem sozinha?

— Vou, sim. Você precisa ir ao seu torneio de arco e flecha. Agradeço muito ter vindo até aqui comigo.

— Não é um torneio importante... Só um campeonato regional. Eu juro que, se não precisasse ir, ficaria com você até o final.

— Sem problema. Você já foi de grande ajuda.

— Deixa eu conferir só mais uma vez — disse Itsuka, apertando o arco. — Você precisa mesmo ir até essa Livraria Natsuki?

Nanami assentiu.

— Nem sei o que tô fazendo. Só sei que preciso ir e descobrir o que está acontecendo.

Nanami sabia que era uma resposta vaga – na melhor das hipóteses –, mas não havia mais nada a dizer. Fazia apenas uma semana desde os eventos misteriosos na biblioteca.

No dia em questão, Nanami havia retornado pela passagem de suave luz branco-azulada não de volta à biblioteca onde sua jornada havia começado, mas para um local totalmente desconhecido.

Assim como a biblioteca, a passagem era forrada por estantes de livros em ambos os lados, embora sua aparência fosse completamente diferente. Quando emergira, as estantes ao redor não eram feitas de aço básico; em vez disso, eram de madeira bem gasta, polida até brilhar. Lâmpadas antigas pendiam do teto; e, no meio do único longo corredor, um balcão, sobre o qual havia um elegante jogo de chá de porcelana.

— Esta é a Livraria Natsuki — apresentara o rapaz que a guiara até ali. — E eu sou Rintaro Natsuki.

Nanami não poderia esquecer os olhos que brilhavam com suavidade por trás dos óculos do jovem enquanto ele se apresentava. O resto de suas memórias, no entanto, ficaram todas nebulosas, provavelmente porque naquele momento padecia de um ataque de asma. Ela estava ofegante enquanto Rintaro a levara até uma cadeira com um cobertor e preparara um bule de chá.

Quando ela terminara a xícara de chá preto quente com leite e a respiração se acalmara, o gato havia desaparecido e a passagem de luz desaparecera para ser substituída por uma parede de madeira comum.

— Eu estava fechando a loja quando a parede começou a brilhar — explicara Rintaro para uma Nanami ainda confusa. — Havia muito tempo que ela não fazia isso, então fui pego de surpresa. Mas rapidamente percebi que precisavam de mim, então saltei para a luz. E lá estavam vocês dois.

Rintaro falava como se tudo fosse completamente normal. Nanami desejara que ele elaborasse sobre "havia muito tempo", mas o rapaz hesitava.

— Não é fácil explicar. É como fazer um resumo curto de um livro que amo.

— Bem, disso eu entendo — Nanami afirmara com as mãos em torno da xícara de chá morninha. — Não saberia nem por onde começar se tivesse que contar sobre todas as emoções que sinto com *Os três mosqueteiros*.

Rintaro sorrira com a resposta.

O pequeno relógio sobre o balcão mostrava que era pouco depois das sete da noite.

Considerando tudo o que havia acontecido, um tempo relativamente curto se passara. Ainda assim, não era hora para uma garota do oitavo ano estar na rua. Além do mais, a livraria de Rintaro ficava bem longe da cidade onde Nanami morava. Rintaro lhe dera uma carona para casa.

A história toda fora como um sonho. Tantas coisas tinham acontecido que Nanami estava zonza. Mas a pior parte do episódio ocorrera depois.

Em casa, seu pai a esperava com o rosto severo. A tênue esperança de Nanami de que ele ainda não tivesse voltado do trabalho foi imediatamente frustrada.

— Onde você estava até essa hora?

O tom áspero era de se esperar. Ela era uma garota que não ia a lugar nenhum, exceto para a escola e a biblioteca, portanto era a primeira vez que saía depois do anoitecer. Obviamente, não podia contar ao pai sobre o gato e o castelo com os homens cinzentos. Conseguiu amenizar a raiva do pai se desculpando e dizendo que tinha ido para a casa de Itsuka.

Depois de suportar uma hora de sermão, uma sensação um tanto deslocada de nostalgia surgira quando ocorrera a Nanami que aquela era a primeira vez em eras que os dois passavam tanto tempo na companhia um do outro. Ultimamente, o pai não estava por perto, e, nas raras vezes em que ele chegava cedo, ela mal conseguia ver seu rosto exausto, muito menos ter uma conversa adequada.

Finalmente, o pai terminara o sermão, e Nanami tinha ido para o quarto se sentindo culpada. Mas apenas metade de sua mente estava arrependida; a outra metade estava ocupada com muitas outras coisas.

"Venha me visitar quando quiser", foram as palavras de despedida de Rintaro, acompanhadas do endereço e um mapa para a livraria.

Um gato, um rapaz e uma livraria misteriosa.

Mesmo com a bronca do pai, não voltar estava fora de cogitação. Ela tinha ficado impressionada com a própria ousadia e decidira pedir a opinião de Itsuka também.

— Você sabe o caminho pra livraria?

O som da voz de Itsuka acordou Nanami do devaneio. Ela estava segurando o mapa, e esta era sua primeira vez caminhando em uma cidade desconhecida. Olhou ao redor e viu pontos de ônibus e um ponto de táxi; atrás deles, uma longa fileira de lojas. Uma estação típica do Japão, mas para Nanami se tratava de uma aventura totalmente nova.

Atenta ao trânsito, Itsuka casualmente levantou uma questão:

— Bem, se eu fosse até a livraria, iria conhecer o gato falante?

Nanami olhou para a amiga com o canto do olho.

— Você não acredita em mim, né?

— Alguém iria acreditar numa coisa dessa?

— Não, acho que não — Nanami respondeu com uma careta. — Então, por que você veio até aqui comigo?

Itsuka parecia refletir. Quando finalmente respondeu, foi sem o menor sinal de sorriso:

— Acho que é porque somos amigas.

Somente Itsuka poderia falar algo assim.

Nanami gostaria de ter apoiado Itsuka do jeito que sua amiga sempre a apoiara, mas ela era limitada no que podia oferecer. No mínimo, estava determinada a nunca mentir para a amiga, e por isso compartilhara com Itsuka tudo o que sabia sobre os acontecimentos misteriosos de uma semana antes. Itsuka ouvira com espanto, de alguma forma conseguindo não rir nem interromper a história até Nanami terminar. Então ela dissera uma única frase:

— O que posso fazer para ajudar?

Nanami já sabia do que precisava.

— Sério, Nanami, quando me pediu pra vir, pensei que você precisava era ir no médico de cabeça — Itsuka falou.

— Ei!

— Tô brincando. Olha, se cuida e tenta não exagerar.

Itsuka levantou seu arco envolto no pano preto e se virou para sair. Nanami se viu chamando por ela:

— Itsuka?

— Sim? — A menina se virou para olhar a amiga.

— Te devo um pãozinho no vapor.

Diante da proposta Itsuka levantou uma sobrancelha levemente, mas manteve a mesma postura.

— Combinado — disse ela. E desceu os degraus da estação.

Nanami a observou ir, então, colocando o mapa de volta no bolso, partiu para a cidade desconhecida.

Ela caminhou pela rua de lojas, virou duas esquinas e se encontrou em uma área residencial tranquila. Era uma subida leve, ladeada por casas de dois andares com telhados tradicionais de telhas. Carros estavam estacionados nas entradas, bicicletas infantis ao lado, e a calçada era pontuada por máquinas de venda automática de bebidas. Nanami caminhou no próprio ritmo enquanto várias crianças da idade dos meninos que ela tinha visto antes na estação passavam correndo, com bolas de futebol debaixo do braço. Pensou que devia haver uma escola primária por perto.

Por fim, parou em frente a uma pequena loja de dois andares. Presa à porta de treliça havia uma placa de madeira: "Livraria Natsuki". Estivera lá havia menos de uma semana, mas, na ocasião, sentia-se preocupada demais com outras coisas para apreciar o exterior da loja, muito menos seus arredores.

Olhando ao redor agora, Nanami viu vasos de plantas emoldurando a porta iluminada pelo sol; eram poinsétias escarlates agitadas pela brisa que passava. Uma fachada simples, sem adornos, com mais cara de antiquário do que livraria; Nanami sentiu que combinava perfeitamente com a imagem do jovem proprietário de gestos delicados.

Ela abriu a porta de treliça e espiou. Foi recebida pelo tom relaxado de alguém que parecia estar esperando por ela:

— Obrigado por vir de tão longe, Nanami-chan.

Mais adiante, Rintaro estava de pé atrás do balcão com sua caixa registradora.

— Oi — falou Nanami, inclinando a cabeça com nervosismo. Olhou em volta.

A fachada da loja era estreita, mas o interior, comprido. O único corredor era adornado com pesadas estantes de madeira que chegavam até o teto e estavam abarrotadas de livros. Atrás do balcão, no meio, uma escada levava ao primeiro andar, e parecia que Rintaro tinha acabado de descer.

— Você ficou bem?

A voz de Rintaro era calorosa e preocupada. Nanami respondeu rapidamente:

— Fiquei, sim. Desculpe pela preocupação.

— Na verdade, fiquei mais preocupado se você iria achar a livraria a partir daquele mapa horrível que desenhei. Porém, conforme esperado, nada é empecilho para Nanami-chan.

— Já estou no oitavo ano e não gosto que me chamem de "Nanami-chan", sabia? — reclamou ela.

Rintaro tinha um jeito tão agradável e descontraído que Nanami se sentiu à vontade para ser bem direta. Ele sorriu e assentiu, então gesticulou para que ela se sentasse ao lado dele.

— Certo, Nanami. Primeiro, uma xícara de chá?

Ele agia com naturalidade, como se estivesse recebendo um cliente. Neste lugar, encontros estranhos e acontecimentos misteriosos eram, de alguma forma, eventos cotidianos perfeitamente normais.

— Eu sabia que você viria logo — afirmou ele ao colocar água recém-fervida em um bule.

— Como? — quis saber Nanami.

— Bom, é claro que eu não tinha certeza — disse ele, chacoalhando a cabeça. — Por algum motivo, eu tinha essa sensação...

Ele realmente é um cara enigmático, pensou Nanami. Não era fácil imaginá-lo nervoso ou surpreso. Presumiu que ela devia ser um tipo estranho de visitante. Afinal, na primeira vez, não tinha entrado pela porta, mas por uma parede sólida.

Na seara de acontecimentos estranhos, contudo, a materialização repentina de Rintaro para resgatá-la também tinha sido muito curiosa. No entanto, a atmosfera atual não era adequada para mergulhar em tais mistérios. Era puramente acolhedora.

Enquanto Rintaro arrumava as xícaras com prática, Nanami voltou a atenção para a livraria.

Tolstói, Hesse, Kafka, Nietzsche, todos esses nomes ilustres dispostos lado a lado, o cânone completo de suas obras. Dostoiévski era intimidador apenas por sua presença, mas os nomes de Kawabata Yasunari e Natsume Soseki, escritos em caracteres kanji familiares, eram de alguma forma reconfortantes. Embora houvesse livros que Nanami já lera, sentia como se tivesse acabado de cruzar o limiar para o mundo de uma literatura tão profunda.

Dava vontade de pegar a requintada encadernação em tecido da *Ilíada*. O mesmo com *Contos da Cantuária* e seu lindo design de capa em arabesco. *Os Robôs Universais de Rossum*, de Čapek, e *A montanha mágica*, de Mann, já frequentavam sua imaginação havia muito tempo, e ela planejava lê-los.

Ela podia ver que cada livro tinha sido organizado com o maior cuidado. Da última vez em que estivera ali, não havia condições de observar o ambiente; agora, seu coração batia mais rápido só de conseguir absorver tudo. Por um tempo, Nanami olhou para as prateleiras, completamente extasiada.

— É uma livraria muito linda.

— Opinião muito interessante. As pessoas costumam chamar de velha, ou única, mas é a primeira vez que alguém chama de "linda".

— Eu acho linda demais.

— Se quiser algum livro, pode pegar.

Quando Rintaro inclinou o bule para encher as duas xícaras, o ar foi preenchido por um aroma fresco com um toque de doçura.

— Mas aqui não é uma biblioteca.

— Sem problema. Quando terminar, devolve, e ele continua igual. É uma livraria de segunda mão.

Nanami riu de como ele não parecia em nada um dono de livraria.

— Parece que você sabe tudo sobre o mundo, Rintaro-san.

— Por que diz isso?

— Porque está acontecendo um monte de coisa estranha, e você nem se espanta. É como se já entendesse tudo.

— Não é isso. É que sou um pouquinho mais velho.

Rintaro manteve a explicação simples de propósito. Não queria proferir um monte de palavras e sobrecarregar Nanami.

Ela sabia que apressar uma explicação significava se afastar mais da resposta. Da mesma forma que subir um longo lance de escadas correndo muito rápido significava ter um ataque de asma e não conseguir continuar. Levar as coisas com firmeza, um passo de cada vez, significava chegar à saída.

— Talvez eu estivesse esperando por isso havia muito tempo — Rintaro falou ao servir o chá para a convidada. Depois, pegou a própria xícara e se recostou à estante mais próxima. — Ultimamente, andava com a sensação de que algo frio e vazio se espalhava pelo mundo — prosseguiu ele. — Não consigo explicar de onde vinha esse sentimento, mas não penso que se trata da minha imaginação.

— Algo frio e vazio?

— Não sei colocar em palavras... Não consigo dar mais detalhes. Uma frieza se disseminando pelo coração das pessoas e destruindo-as.

— Está falando daqueles homens cinzentos? — Nanami questionou.

A imagem de um homem de rosto cinza em um terno cinza flutuou na mente dela. A pele sem sangue e os olhos frios e brilhantes do General, cercado por todos aqueles soldados com a mesma palidez.

Rintaro observou silenciosamente a reação de Nanami por alguns momentos antes de continuar:

— Acho que você deve ter uma imagem mais clara do que eu em relação ao que está acontecendo — disse ele, antes de baixar o olhar para o conteúdo de sua xícara de chá. — Não é necessariamente verdade que a perspectiva de uma pessoa se amplia com a idade. Precisamos ver as coisas com o coração e também com a mente, mas essa visão pode se turvar com facilidade. Podemos valorizar um livro quando somos crianças, e então, com o passar do tempo, gradualmente esquecê-lo. Perdemos de vista muitas coisas importantes ao pensar que estamos ficando mais leves.

— Isso também aconteceu com você, Rintaro-san?

— Tento evitar, mas nem sempre funciona como quero. Sobretudo na minha área de trabalho. Escuto coisas como: "só os livros mais vendidos são obras de arte" ou "só os bons escritores ganham dinheiro"... Antes que eu me dê conta, caio na armadilha dessa lógica corrompida.

No sorriso gentil de Rintaro surgiu um toque de amargura. Isso o fez parecer mais velho. Por um momento, Nanami viu o reflexo do rosto de seu próprio pai.

— Mas aí você chegou — disse ele, elevando o olhar.

— Eu?

— Bem, é um exagero dizer que eu esperava exatamente você, mas com certeza eu esperava e ansiava por alguém como você. — Rintaro colocou a xícara sobre o balcão e olhou por cima do ombro. — Não é mesmo, parceiro?

Nanami se assustou.

A parede dos fundos da loja, que de início era sólida e de madeira, agora estava banhada por uma suave luz azul. E havia uma silhueta contra essa luz: um gato malhado de aparência altiva.

O gato era, sem dúvida, o mesmo que Nanami conhecera uma semana antes. As orelhas pontudas no formato exato de triângulos isósceles, os olhos verde-jade e os bigodes prateados perfeitamente horizontais, direitinho como ela lembrava.

— Que bom vê-la mais uma vez, Nanami. — A voz profunda e grave, como lembrava. Ela se pôs a levantar-se, mas o gato sacudiu a cabeça com delicadeza ao dar um passo para fora da luz. — Não se preocupe. Fique sentada. Ainda não é hora de você sair correndo.

Nanami sorriu com alívio.

— Estou tão feliz em te ver. Fiquei com medo de ter sido tudo um sonho, que eu nunca mais te veria.

— Infelizmente, não foi sonho. Está mais para pesadelo. — O gato suspirou. — Preciso me desculpar por tê-la colocado em perigo. Sinto muitíssimo.

— Não por isso. Eu que pedi para você me levar.

Nanami falou dessa forma, embora, na verdade, em vez de pedir, ela agarrara o gato pelo pescoço e ameaçara deixá-lo balançando daquele jeito para sempre. Estava grata por ele não ter guardado nenhum rancor.

O gato tinha chegado bem perto dos pés de Nanami. Ela se abaixou para falar com ele.

— Que história é essa de vocês dois estarem esperando por mim?

— Não vamos nos precipitar. — Os olhos do gato faiscaram. — É verdade que eu estava esperando por uma pessoa jovem de espírito forte. Preciso de ajuda para recuperar os livros roubados. No entanto, nunca disse que você era essa pessoa.

A essa altura, Rintaro interrompeu:

— Sempre do contra.

O gato virou-se para o livreiro:

— Sr. Proprietário, não vou envolver essa menina nisso. Desta vez, nosso oponente habita um mundo bem diferente do nosso. E o poder dele é assustador. Não sei dizer o que pode acontecer.

— Você não vai simplesmente ficar olhando os livros desaparecem? — argumentou Rintaro.

A expressão do gato se alterou. Seus olhos ficaram penetrantes.

— Olha, o espírito dessa garota é excepcionalmente forte. Mas não basta ser forte. Pegar aqueles livros à força e tentar fugir daquele labirinto é irresponsabilidade.

— Mas foi exatamente desse jeito que ela conseguiu tirar um dos livros de lá. Enquanto você, até onde sei, não conseguiu trazer nenhum de volta.

As palavras de Rintaro pareceram silenciar o gato.

— Há coisas impossíveis de superar pela lógica e pela razão — Rintaro foi em frente. — Acho que Nanami entende isso. Acho que é o tipo de abordagem que devemos usar diante de um oponente desse calibre.

Era como um duelo. Embora a expressão no rosto do gato fosse severa, ele não colocou seus sentimentos em palavras. Em contraste, Rintaro expressou seus sentimentos sem reservas.

— Acho que ela tem bem mais a oferecer além da coragem.

— Sim, concordo. Ela é uma garota inteligente e realmente corajosa. Queria poder apresentá-la a certo garoto covarde e melancólico que conheci há uns dez anos.

— Sem comentários — disse Rintaro com uma careta, e o gato riu, fungando.

Nanami não conseguia acompanhar a conversa, mas entendeu que, apesar da tensão, havia um calor e um senso inabalável de confiança mútua. Ela se sentiu um pouco envergonhada ao ouvir os dois discutindo sobre si mesma tão abertamente. Por um tempo, escutou e observou, com as mãos apertadas ao redor da xícara de chá quente. Então, tomando um gole, virou-se para o gato.

— No entanto, você voltou aqui para me encontrar. Isso significa que posso ser útil, certo?

— Você é uma figura, não? — o gato falou, um pouco chocado. — Depois de tudo que enfrentou na primeira parte, está animada para a continuação?

— Depois que começo uma história, eu leio até o fim. Livros de terror, livros difíceis: nunca saberá o que está escrito neles se não os ler. E o mais importante: se deixarmos quieto, eles não vão continuar pegando mais livros?

— Esse é o objetivo do General. Ele declarou se tratar de uma necessidade.

— E não é só isso: ainda sobraram muitos livros roubados naquele castelo.

— Está realmente pensando em tentar recuperar todos? — indagou o gato.

— É o que estou disposta a fazer.

Nanami pegou sua enorme bolsa de couro e de lá tirou um livro. Era o exemplar velho e gasto que tinha salvado havia uma semana: *A agulha oca*.

O gato olhou sem fazer comentários. Rintaro tomou um gole de chá sem dizer uma palavra. Após alguns momentos de silêncio, o gato finalmente abriu a boca:

— Como você pode ser tão corajosa?

Foi a vez de Nanami refletir em silêncio. Então o gato seguiu em frente:

— Digo isso porque você pode simplesmente pegar emprestado o que quiser da Livraria Natsuki, ler até cansar e se esquecer de todo o resto. Ninguém questionaria. Além disso, nunca mais precisaria ouvir os discursos irritantes do General na vida.

— E nunca mais um soldado esquisito iria me perseguir com um mosquete?

— É isso aí.

— De jeito nenhum. Preciso voltar.

Os olhos do gato se estreitaram ao ouvir aquele tom determinado.

— E por quê?

— Não sei como explicar. Acho que a melhor maneira de dizer é que, se eu ignorar tudo o que está acontecendo, vou me arrepender mais tarde. Desisti de tantas coisas na vida até agora, mas não vou desistir disso, da coisa que mais importa.

— A coisa que mais importa?

Nanami assentiu e gentilmente colocou a mão sobre o *Agulha oca* na sua frente. Era um livro que tinha lido várias vezes, sozinha em casa. Estava familiarizada até com a sensação que ele dava ao toque. Para Nanami, era muito mais do que um maço de páginas – era um amigo precioso que a tinha apoiado nos momentos mais solitários.

— Já falei: nunca me esqueço de um livro precioso.

E, naquele momento, o branco-azulado que iluminava o corredor da livraria se intensificou. A loja inteira ficou mais brilhante, e Nanami teve que apertar os olhos diante do brilho ofuscante. O gato não era mais do que uma silhueta escura contra a claridade.

— Parece que preciso da sua ajuda mesmo — disse o gato com sua voz cheia. Sob a luz tremeluzente, os bigodinhos dele pareciam feitos de prata. — Você vem comigo?

— É claro.

— O inimigo é grande, você é pequena. Vou avisar mais uma vez: há perigo à espreita.

— E minha resposta continua a mesma: eu dou conta.

— Belas palavras, mas saiba que elas podem ser mortais se não conseguir comprová-las.

— Dou conta disso também. "A esperança deu sinal de vida – não por haver qualquer motivo capaz de sustentá-la, mas apenas porque é da sua natureza reviver."*

O gato amansou o olhar. Ao lado de Nanami, Rintaro riu.

— *As aventuras de Tom Sawyer*? Gostei.

— É, eu gosto muito dessa frase — disse o gato. — Não é uma obra inocente e ingênua. No fundo, está impregnada de tristeza.

— Mas — Nanami retrucou imediatamente — há também doçura.

— Sei... Pode ser que sim — o gato concordou sem mais. E então se virou para Rintaro. — Acho que você não vai poder se juntar a nós, Sr. Proprietário.

Nanami ficou surpresa ao ver Rintaro concordar.

— Você não vem com a gente? — ela quis saber.

— Olha a passagem. — Ele apontou para o corredor entre as estantes.

---

* TWAIN, M. *As aventuras de Tom Sawyer*. Tradução Márcia Soares Guimarães. Belo Horizonte: Autêntica, 2017. (N.E.)

Nanami entendeu. A passagem no final da livraria estava muito menor do que a última vez. Embora fosse larga o suficiente para uma pessoa passar, era pouco mais alta que Nanami. Seria extremamente difícil para um adulto atravessar. Em outras palavras, era muito baixa para alguém da altura de Rintaro.

— O poder dos livros está enfraquecendo — explicou Rintaro. — Posso forçar a passagem, mas não sei se devo. A força bruta nunca resolve nada. Só mascara a solução.

Ele se levantou de sua posição inclinada contra a estante e se ajoelhou na frente de Nanami. Ajoelhado, ele ficava um pouco mais baixo que ela.

— Não se preocupe. Se eu for necessário, uma passagem vai se abrir outra vez e vou ajudar.

— Como da última vez?

— Isso mesmo.

Nanami tinha certeza de que ele seria necessário.

— E, Nanami? Nunca se esqueça de que, do outro lado dessa passagem, a sinceridade e a força do coração são o que mais importa. E não tem a menor importância que você tenha asma. — Rintaro olhou para o gato. — E também não importa ter um companheiro tão mal-humorado.

Nanami riu alto. Então, esvaziou a xícara de chá quente que segurava, levantou-se da cadeira e foi até o gato. Quando ela se virou para olhar para Rintaro, ela o viu acenando sob a luz suave da lâmpada da livraria.

Nanami respirou fundo e falou em voz alta:

— Bem, então, adeus.

E, com isso, a luz azul ficou mais forte e envolveu a menina e o gato.

Nanami ainda tinha fragmentos de lembranças do dia em que fora à biblioteca pela primeira vez com seu pai.

Naquela época, seu pai terminava o trabalho no início da tarde e a buscava na creche. Ele sempre amara livros e lia para Nanami todas as noites depois do jantar. Um dia, dizendo a ela que era hora de ir procurar novos livros, ele a levara à biblioteca no caminho para casa.

Nanami ficara impressionada com a aparência imponente daquele edifício enorme no centro da cidade, que parecia agachar-se silenciosamente à espreita. Ao entrar e absorver tudo, seus olhos se arregalaram e ela ficara sem palavras. O teto alto e o vasto espaço; as fileiras de prateleiras cheias de inúmeros livros; finalmente, seu ar único de silêncio e o leve cheiro de papel envelhecido.

Tudo era novo para ela. Para uma garota que não conseguia correr e brincar no parque por causa da asma, o tamanho do lugar já era uma maravilha; ela logo aprenderia que o mundo aberto ali era ainda mais vasto do que jamais poderia imaginar.

Ela acabara lendo Moko Moko Moko, de Shuntaro Tanikawa, várias vezes, memorizando o livro inteiro. Já *Frederico*, um livro ilustrado sobre um rato do campo, ela amava tanto que algumas noites até o levava para a cama consigo. Nunca se cansava de olhar para o sorriso ligeiramente tímido do pequeno poeta rato. Contos de uma escada para a lua, Papai Noel entregando presentes no frio do inverno e a história de fantasma levemente assustadora *Nenai ko dare da* eram histórias que ela encontrava na biblioteca.

— A biblioteca de novo?

O pai de Nanami ficava surpreso quando a cada poucos dias sua filha implorava para visitá-la. Então, no carro a caminho de casa depois de passar na creche, sua expressão rapidamente se transformava em um sorriso, e ele seguia para a biblioteca outra vez.

Na biblioteca, havia um homem idoso com barba branca que sempre cumprimentava sua pequena visitante asmática com uma expressão solene.

— Qual seu plano? Ler todos os livros desta biblioteca? — o velho Sr. Hamura, o bibliotecário, dizia sem nem um esboço de sorriso ao observar Nanami devorar um livro infantil atrás do outro.

No começo, Nanami pensava que ele fosse algum tipo de bruxo maligno da masmorra de um castelo antigo, e se escondia atrás do pai. Mas aos poucos percebeu que havia uma espécie de luz suave nos olhos do bruxo. Nos feriados, quando Nanami e seu pai ficavam sentados perto da janela lendo, o bruxo de barba branca se aproximava e casualmente deixava um livro novo na beirada da mesa.

Seus primeiros encontros com *O príncipe feliz* e *O Mágico de Oz* foram graças aos esforços do bibliotecário. E, conforme ela ficava mais velha, o Sr. Hamura a apresentava a livros como *A fábrica de chocolate* e *Boukensha*; mais tarde, *Anne de Green Gables* e *Sherlock Holmes: a coleção completa*. E também tinha sido nessa época que Nanami encontrara pela primeira vez os mistérios de *Arsène Lupin, o ladrão de casaca*.

Ela estava no sexto ano quando escolhera pela primeira vez *Os três mosqueteiros* e o resto da série de D'Artagnan de Dumas. Havia ficado tão absorta nessa longa obra, que teve mais de dez volumes em sua tradução japonesa, que a bela bandeira dos Mosqueteiros com sua cruz branca em um fundo azul começara a surgir em seus sonhos à noite, junto das façanhas de Athos, Aramis e Porthos.

A cada visita à biblioteca, o mundo de Nanami se expandia. E isso não era tudo. Os livros tinham o poder de levantar seu ânimo, de resgatá-la da solidão e da tristeza.

No ensino fundamental I, por causa de seus problemas de saúde, Nanami não costumava brincar ao ar livre com os amigos. Seu pai fora ficando cada vez mais ocupado no trabalho e não tinha mais tanto tempo para levá-la à biblioteca. Quando Nanami chegava da escola, era recebida por uma casa vazia e ficava longas horas sozinha. Conseguia passar por aquelas horas escuras da noite graças à leitura. Não sabia se essa era a maneira correta de lidar com as coisas; o certo era que os livros eram seus companheiros e seus heróis lhe ensinavam muitas coisas.

Com os três mosqueteiros, ela aprendeu a ter coragem diante da adversidade.

Com o feiticeiro de Terramar, integridade e perseverança.

Com Capitão Ahab e Phileas Fogg, espírito indomável.

Com o famoso detetive e ladrão de casaca, Arsène Lupin, compaixão e humor.

E, com todos os livros juntos, o hábito de manter a esperança em sua bolsa junto com o remédio para asma.

E agora, pensou Nanami, era sua vez de salvar aqueles livros.

Além da luz azul-clara, ficava o imponente castelo de pedra. Nanami protegeu os olhos com a mão e o examinou em detalhes.

Sentiu uma estranha sensação de desconforto ao perceber que a aparência dele havia mudado. Era sua imaginação ou as paredes estavam mais altas do que antes? E parecia haver mais bandeiras de cor cinza tremulando ao vento, e ainda mais soldados de rosto cinza alinhados abaixo delas. Anteriormente, apenas alguns soldados estavam espalhados nas ameias, mas agora definitivamente havia mais deles, incluindo um pelotão inteiro que parecia estar patrulhando as muralhas. Além, várias torres altas.

— Eles ficaram ainda mais fortes de novo — o gato murmurou consigo mesmo.

— Ainda mais fortes de novo...? — repetiu Nanami, até agora com a mão sobre a testa. — Quer dizer que o castelo fica maior a cada visita?

— Isso mesmo. Não era tão óbvio antes — o gato falou com amargura. — Foi uma mudança muito gradual. Mas agora estão reunindo forças abertamente.

— O que vamos fazer? Mal conseguimos escapar da última vez. Como vamos entrar num castelo ainda mais fortificado?

— Há duas maneiras: entrar pelo portão ou saltar muralhas acima.

— Esse é o seu jeito de dizer que não pensou muito a respeito?

— Bem, o humor é importante quando a situação é complicada — o gato informou com severidade antes de partir na direção do portão. — Eu acho que aquele cara estava interessado em você, então não devem sair atirando na gente.

— E se saírem?

— Aí... — O gato olhou para as muralhas acima. — Vamos sair em disparada, como da outra vez.

O gato estava certo. Ninguém abriu fogo contra a dupla. Os soldados de rostos acinzentados de ambos os lados da ponte levadiça permaneceram inexpressivos e apenas saudaram como antes.

— Estão nos deixando entrar.

— Isso é o mais importante.

Passaram pelo portão sem nenhuma interação com os guardas e descobriram que o interior do castelo havia sofrido mudanças consideráveis.

O caminho vazio e empoeirado estava agora perfeitamente pavimentado com lajes, ao longo das quais um bando de soldados cinzentos marchava em ritmo rápido. Como antes, todos tinham o mesmo rosto inexpressivo. Os que se moviam em direção à torre de menagem estavam de mãos vazias; aqueles que emergiam do prédio carregavam grandes caixotes. Eles trabalhavam sem trocar uma palavra um com o outro, o que significava que tudo o que podia ser ouvido era o som um tanto sinistro de passos nas lajes.

Nanami e o gato chegaram ao pátio central e descobriram que não havia mais fogo queimando no altar. As chamas tinham sido extintas e nada restava além de montinhos de cinzas.

— Parece que pararam de queimar livros — comentou Nanami.

— Ao menos essa boa notícia. Se eu me deparasse com alguém ainda cometendo tamanho ato de barbaridade, iria empurrar no fogo.

— Mais piada?

O gato não respondeu. Em vez disso, voltou a atenção para a escada que levava à torre, de onde os soldados traziam as caixas de madeira.

Nanami e o gato trocaram um olhar rápido, então atravessaram o pátio em direção à escada. A fila de soldados com caixas continuou a fluir, acompanhada por um barulho que parecia vir de dentro – uma espécie de som estrondoso abafado.

— Eu não escutei esse barulho da última vez — disse Nanami.

— Verdade. Parece um tipo de maquinário pesado.

Conforme subiam os degraus de pedra, o som abafado se tornava mais claro. Como o gato havia sugerido, era algum tipo de fábrica em operação em algum lugar dentro edifício. Quando chegaram ao topo, espiaram pela porta e viram, no outro lado do tapete vermelho, a porta do Grande Salão do General aberta e desprotegida.

Nanami parou por um momento para regular a respiração, então pisou no tapete e caminhou com propósito em direção à porta. Ela espiou o corredor e arquejou.

— O que aconteceu aqui?

O Grande Salão não parecia nada com o que era antes. Todos os guardas alinhados ao longo das paredes tinham desaparecido; na verdade, não havia uma alma viva à vista. Mais da metade das velas nos lustres brilhantes tinha se apagado, e a sala estava escura e sombria. Ainda havia duas fileiras de mesas de mármore branco polido de cada lado do carpete para exibir livros; apesar do suposto apego do General a esses livros, agora estavam lá como se alguém os tivesse jogado casualmente nas mesas, alguns até caídos ao chão. *A ilha do tesouro*, *O dragão do meu pai* e o restante da série de Lupin estavam abandonados como livros não vendidos de segunda mão.

— Que estranho — murmurou o gato.

Justo naquele momento, um soldado carregando uma caixa de madeira apareceu do outro lado do corredor. Nanami enrijeceu-se em antecipação, mas o soldado passou sem mostrar o menor interesse na dupla.

Nanami olhou na direção de onde o soldado tinha vindo e franziu a testa. Na outra ponta do corredor, onde antes havia uma luxuosa poltrona de veludo, notou uma porta que não estava ali antes. Parecia ser de onde os soldados que carregavam caixotes estavam saindo. O ruído mecânico também vinha de lá.

— Deve haver mais livros ali — disse o gato.

— Vamos ver.

— Mas estes livros estão largados aqui. Podemos só pegar e ir embora.

— Só?

O gato entendeu o sorriso significativo de Nanami e estacou por um momento, como se estivesse sem palavras. Então, suspirou.

— Você é ousada — o gato falou e partiu.

À medida que os dois companheiros se aproximavam da porta, as vozes monótonas dos guardas se elevaram em coro:

— Quem vem lá? Este é o Gabinete do Primeiro-Ministro.

— Viemos falar com o Primeiro-Ministro — informou o gato calmamente.

O guarda bateu os calcanhares e endireitou a postura.

— Visitantes para Sua Excelência o Primeiro-Ministro!

E então, apesar de não haver sinal de ninguém por perto, vozes surgiram do nada, uma após a outra:

— Visitantes para Sua Excelência o Primeiro-Ministro! Visitantes para Sua Excelência o Primeiro-Ministro!

A porta começou a se abrir lentamente. Com ela veio um barulho diabólico que fez Nanami estremecer; junto dele, o cheiro de metal e graxa. Os olhos de Nanami se arregalaram com a visão revelada diante de seus olhos.

Uma multidão de máquinas de aço dispostas aleatoriamente, quase uma em cima da outra. A atmosfera de total desordem. Pelo centro, corria o tapete vermelho, manchado de fuligem e graxa, um caminho sujo entre as máquinas. De cada lado, elevavam-se polias giratórias, engrenagens de moagem e pistões de bombeamento, cada um de seus movimentos verticais emitindo grandes rajadas de vapor.

Eles não estavam mais em um castelo. Era uma fábrica.

Soldados cinzentos se moviam em silêncio. Nanami olhou atentamente e viu folhas de papel brancas deslizando entre objetos de aço preto interligados. À medida que esses papéis passavam pelas máquinas, gradualmente se transformavam em maços cada vez mais grossos, depois girados, cortados, prensados e enfim cuspidos em uma esteira rolante como livros encadernados. Os soldados embalavam esses livros em caixas de madeira e os carregavam porta afora.

Na outra extremidade do tapete sujo, havia um homem esguio e franzino, de terno cinza e com boné combinando, aparentemente supervisionando o trabalho dos soldados. Quando Nanami e o gato se aproximaram, ele deu um giro gracioso para encará-los.

— Não costumamos receber visitas — falou com uma risada alegre.

Era um jovem com feições gentis. Ele se parecia com o General de terno cinza, mas a diferença era que havia um traço de sorriso em seu rosto lívido.

Ele tirou o boné e fez uma mesura profunda.

— Bem-vindos ao Gabinete do Primeiro-Ministro. — A voz não continha qualquer malícia; na verdade, ele parecia quase inocente, com um toque de charme juvenil. O oposto do pomposo General.

— Então, depois do General vem o Primeiro-Ministro? — perguntou o gato, incapaz de disfarçar o assombro.

O Primeiro-Ministro observou o felino sem deixar de sorrir.

— Nunca imaginei que vocês retornariam. Devem ser muito aventureiros para voltar depois da experiência aterrorizante da última vez.

— Você conhece a gente?

O Primeiro-Ministro riu da pergunta de Nanami.

— Depois da confusão que armaram da última vez, todo mundo sabe quem são. "A grande aventura da menina e do gato." Que historinha bacana.

O ministro cinzento parecia estar gostando da conversa; enquanto falava, virou-se e seguiu pelo carpete sujo em direção ao outro lado da fábrica. No final do corredor acarpetado, havia um sofá de couro preto com um brilho polido, deslocado em um ambiente tão sujo.

O Primeiro-Ministro se acomodou confortavelmente no sofá e cruzou as pernas compridas e finas.

— Então, não ficaram satisfeitos com o livro que levaram aquele dia; voltaram para pegar o resto, é?

— Não é questão de ficar satisfeito. Aquele livro era de uma biblioteca.

— Entendo. Bem, pode pegar o resto. Ainda estão todos lá no Grande Salão do General. Daqui desta fábrica, vocês não vão querer livro nenhum.

— É só ir lá pegar? — O gato estava cético. — Depois de toda aquela sua obsessão com eles?

— O General era obcecado, não eu. Decidi que não preciso mais deles. O problema maior é vocês aparecerem aqui. Sua presença perturba os soldados, e, se eles pararem de obedecer às minhas ordens, terei problemas. — Ele deu de ombros e balançou a mão no ar. — Não se preocupem. Não pretendo pegar mais livros. Viram o pátio? Parei de queimá-los. O método do General era muito demorado, dava muito trabalho. Adotei um sistema novo em folha.

Como para pontuar a explicação do ministro, uma máquina nas proximidades soltou um jato de vapor exuberante.

Nanami e o gato estavam ambos achando difícil acompanhar o desenrolar bastante rápido da história, mas, enquanto ouviam o Primeiro-Ministro falar, começaram a sentir como se as coisas pudessem estar resolvidas.

Hesitante, Nanami abriu a boca:

— Qual sistema?

— Nosso objetivo é manter as pessoas longe de livros perigosos. Como fazer isso? O General viajou pelo mundo caçando livros perigosos, tentando reuni-los um por um. Totalmente impraticável. Em vez disso, decidimos que uma abordagem muito mais eficaz seria nós mesmos produzirmos um vasto número de "neolivros". Então, as pessoas ficariam totalmente absortas na leitura de todos esses novos livros, não sobrando tempo para se envolver com nenhuma literatura poderosa. Assim, realizamos o que nos propusemos a fazer. — Ele apontou para o maquinário com seu braço magro. — Aqui, encadernamos os neolivros.

Mais uma vez, como se respondessem ao discurso do ministro, engrenagens giraram, correias transportadoras estremeceram e os pistões emitiram um som estranho. Então, com um grito de estourar os tímpanos, a máquina começou a cuspir um volume ainda maior de livros. Tantos que um grande número deles fluiu pelas bordas da correia transportadora e se espalhou pelo chão. Em silêncio, soldados cinzentos os reuniram, os colocaram em caixas e levaram para fora.

Nanami pegou um dos livros que haviam caído a seus pés e o abriu. Uma expressão confusa cruzou seu rosto.

— Não tem nada escrito.

Era verdade, o livro estava em branco; somente páginas vazias.

— Este é um dos seus "neolivros"?

— Isso mesmo.

— Mas não tem nada escrito.

— Nada? Ah, sim. O conteúdo não importa.

Nanami ficou em choque.

— O negócio é a quantidade, não a qualidade. Nosso objetivo é preencher completamente a vida das pessoas com neolivros para que elas não procurem os livros mais antigos e perigosos. Você sabe como dizem que o melhor lugar para esconder uma árvore é na floresta? Bem, nós imaginamos que o melhor lugar para esconder um livro é dentro de outro livro.

Nanami pensou que fosse brincadeira, mas o Primeiro-Ministro parecia uma criança animada para contar uma grande ideia.

— Está tudo bem. No que diz respeito ao conteúdo dos livros, o que precisamos fazer é apenas o que todo mundo está fazendo hoje em dia: listar um monte de informações facilmente compreensíveis, estimulantes e provocativas repetidamente, e a maioria dos leitores será fisgada. Os seres humanos só precisam de algum tipo de estímulo para seguir em frente. Como resultado, todos evitarão os livros poderosos. Mesmo se levar de volta aqueles volumes de Arsène Lupin, ninguém se incomodará em pegar para ler.

Sua risada divertida ressoou pela sala. Então, como se a piada fosse engraçada demais, ele levou a mão à boca tentando conter o riso.

Enquanto isso, livros novos e vazios voavam das máquinas em um ritmo acelerado. Às vezes, eram atirados tão rápido que os soldados não conseguiam acompanhar, e acabavam espalhados pelo chão.

Nanami não conseguia parar de olhar para o "neolivro" em sua mão. Mesmo que não soubesse ao certo o que estava acontecendo, percebeu que havia algo forçado no comportamento alegre do Primeiro-Ministro. Decidiu que era hora de descobrir a verdade.

— Por que tem tanto medo dos livros? — indagou ela.

O Primeiro-Ministro estacou, mas ainda sorria.

— Medo?

— Você disse que os livros são perigosos para as pessoas. Mas parece que é só medo.

A expressão dele não mudou; o sorriso grudado na face.

— Não tenho medo de nada — falou sem ceder no sorriso. — Simplesmente quero eliminar as coisas danosas para os seres humanos.

— Nunca ouvi falar de livros danosos — Nanami replicou calmamente. — Meu pai costumava me dizer que os livros contêm mundos ilimitados. Mesmo que seja impossível visitar um lugar, um livro pode transportá-lo até lá. E às vezes você se depara com um pedaço de sabedoria antiga ou um pensamento importante quase esquecido. — Nanami costumava sentar-se com seu pai em um assento ensolarado na janela e ouvi-lo contar essas coisas. Era uma de suas lembranças mais felizes. — E não é só sobre conhecimento ou sabedoria. Ele também explicou como a leitura de muitas histórias torna você capaz de entender os sentimentos de pessoas diferentes. Esse é o poder da imaginação, e é um dos mais importantes...

— Imaginação?!

Nanami foi interrompida pela voz aguda do Primeiro-Ministro. Tanto ela quanto o gato pularam com o som. Pela expressão de horror no rosto do ministro, daria até para se pensar que ele tivesse sido informado de uma morte prematura. Com os olhos esbugalhados, ele se inclinou em direção à garota.

— Esse é o pior mal de todos!

— Imaginação é um mal?

— É claro. Você não entende nada. Já parou para refletir do que se trata a imaginação? — Seu tom assumiu a qualidade de um professor repreendendo um aluno preguiçoso: impaciente e sem esperar resposta. — A imaginação é a capacidade de pensar sobre os outros. Se colocar no lugar deles, ter empatia pelos mais fracos, se tornar alguém que de vez em quando oferece ajuda. Esse é o poder da imaginação.

— E qual o perigoso nisso? — Nanami estava realmente chocada.

O Primeiro-Ministro olhou para ela com piedade.

— Que pena. Você realmente foi tomada pelo perigoso poder dos livros. — Desta vez, ele parecia tentar confortar o pupilo delinquente. — O mundo é dos mais fortes. Aqueles com poder derrubam os mais fracos e depois pisoteiam. É a nova era dos campeões. Se demonstrar muita bondade, alguém vai se aproveitar de você. Ou seja, a imaginação é uma força terrível que vai destruir seu enorme potencial, Nanami.

Nanami estremeceu ao ouvir seu nome tão de repente.

— Você sabe o meu nome?

— Claro que sei. O General não contou? Somos aqueles que andam ao seu lado.

O Primeiro-Ministro ainda sorria, mas Nanami notou que não havia calor naquele sorriso. Parecia tão vazio quanto os discursos grandiosos do General.

Será que os seres humanos realmente falavam uns com os outros dessa maneira? Um arrepio percorreu a espinha de Nanami.

— Há muito tempo que ando ao lado das pessoas. Observei tantos vencedores e perdedores que perdi a conta. E vi como a empatia e a compaixão tornam os indivíduos desamparados. Observe as pessoas bem-sucedidas no mundo. Nenhuma tem a mínima imaginação. O que elas têm em comum é a determinação para destruir os outros sem piedade. Não são dominadas pelos livros. São as pessoas mais livres do mundo. — O Primeiro-Ministro se recostou de volta, o cotovelo sobre o braço do sofá. — Hoje em dia, as pessoas não precisam do poder da imaginação; precisam ter o poder de não imaginar.

Sua voz não estava alta, mas parecia transbordar de uma pressão sinistra. Como se concordassem com seus sentimentos, as máquinas começaram a zumbir cada vez mais rápido, cuspindo neolivros a uma velocidade alucinante. Pedaços brancos de papel rodopiavam no ar como confete em um dia de festa.

— Cuidado, Nanami! — O aviso cortante veio do gato aos seus pés. — Não se engane pelas aparências. Essas palavras são terrivelmente poderosas.

— Elas parecem. — Nanami umedeceu os lábios secos. — Mas ele entendeu tudo errado.

— Nem tudo que ele diz está errado — alertou o gato. — Talvez sua fala guarde verdades importantes.

— Ainda acho que é bobagem. Ele faz parecer que todo o mundo está em guerra. Mas muitas pessoas não estão.

Como se quisesse abafar a voz de Nanami, a máquina emitiu um ruído ensurdecedor e desagradável que sacudiu toda a cabeça da garota e a fez querer tapar os ouvidos.

— Oh, você ainda tem muito o que aprender — falou o ministro com um suspiro dramático. Ele se acomodou no sofá. — O aspecto mais assustador da sociedade competitiva de hoje não são as batalhas ferozes e implacáveis nas quais as pessoas fazem de tudo para vencer. É a força avassaladora do sistema que automaticamente rotula como perdedor qualquer um que se recuse a participar da competição.

— Força avassaladora?

— Escolher não lutar, não competir, não significa que vá ficar isolado da sociedade competitiva. No mundo de hoje, não há mais exceções. Se você não compete, é automaticamente rotulado como perdedor. Em outras palavras, até mesmo escolher não competir exige se envolver em uma luta brutal.

É uma contradição absurda. Você precisa entender o quão perigoso o poder da imaginação é em um mundo assim. — De repente, o Primeiro-Ministro exibiu um sorriso conciliador. — Mas não vamos tornar essa discussão muito pedante — disse ele, baixando a voz gradualmente até não passar de um sussurro. — Por que não nos atermos a assuntos mais práticos? No fundo, você deve ter percebido que a imaginação só lhe rouba a força para lutar. Viveu sua vida sempre atenta aos outros, o que significou ter que suportar tanta coisa. Pode dizer honestamente que é feliz assim?

— *Eu* suporto muita coisa?

Nunca ninguém havia dito algo assim para Nanami; ela ficou desconcertada.

— Exato. Sempre se diminuindo para evitar incomodar as pessoas ao seu redor. Isso deve podar suas asas. E enquanto aguenta tudo, é empurrada cada vez mais baixo na escala social. Vou dizer uma coisa: não importa o quanto se importe com os outros, eles não vão oferecer nenhuma ajuda em troca. Você deveria parar de viver uma vida tão confinada. Por que não começa a viver com mais liberdade? Seja fiel a si mesma.

— Viver com mais liberdade? Ser fiel a mim mesma? — Nanami repetiu, hipnotizada pelas palavras do ministro.

No entanto, enquanto falava, sentiu algo escuro e pesado começar a se agitar no fundo do peito.

Aquilo logo cresceu até a envolver por completo. Assustada, tentou afastar aquele sentimento com as mãos, mas sem sucesso. Continuou a se espalhar até que ela estivesse completamente envolta. Por um breve momento, ouviu uma voz fraca e vislumbrou o gato, então tudo foi engolido pela escuridão.

Quando sua mente clareou, ela estava em uma planície escura como breu.

Não há nada que eu possa fazer!

De algum lugar distante, veio a voz zangada do pai. Era uma conversa já conhecida.

Desculpe, mas estou ocupado. Não posso ir à biblioteca com você o tempo todo.

E então lá estava ele, parado na penumbra, com a expressão severa.

Preciso trabalhar o máximo que puder para termos dinheiro suficiente para viver. Se eu fizesse tudo o que você me pede, não teríamos o que comer.

Enquanto Nanami permanecia paralisada em choque, um médico de jaleco apareceu ao longe. Ele caminhou até o pai de Nanami.

Você não pode ficar chamando uma ambulância o tempo todo para algo tão trivial.

Nanami se lembrou da cena em um pronto-socorro noturno.

O médico lançou um olhar frio para Nanami.

Entendo que esteja preocupada com seu pai, mas precisa aprender a cuidar melhor da própria saúde. Não pode usar uma ambulância como táxi.

Ao terminar de falar, as feições do médico começaram a se desfocar, e seu rosto se transformou no de certa professora bastante nervosa.

Nanami-chan, eu sei que você não quer incomodar ninguém, então não acha que deveria faltar à excursão?

Com um sorriso forçado no rosto, a professora continuou em tom condescendente:

Claro, eu entendo seus sentimentos, Nanami--chan, mas se por algum motivo você começar a se sentir mal durante a excursão, isso causará problemas para todos. Acho que não deve se forçar a participar.

Não eram apenas as excursões da escola. Ela não tinha permissão para participar da aula de educação física nem para usar a piscina da escola. Pelo bem de todos. Pelos outros...

Por que só você?

As palavras pareceram cair do céu e pousar em algum lugar atrás. Nanami se virou, mas não havia ninguém.

Por que você é a única que não pode participar?

As palavras não estavam sendo ditas por outra pessoa. A voz era da própria Nanami. Ela estava prestes a responder que nunca havia pensado nisso dessa forma, mas sua resposta foi abafada mais uma vez pela própria voz.

Esqueça os outros. Comece a fazer o que você quer.

Se suportar tudo, vai acabar sendo apenas o trampolim dos outros.

Nanami ficou ali, em silêncio.

Naquela escuridão tão profunda, sem um único ponto brilhante, ela ficou parada observando cada palavra que surgia, sem mover um músculo.

Você passou por tanta coisa, Nanami.

Desta vez, foi o sussurro suave do Primeiro-Ministro que chegou aos seus ouvidos:

Mas já não basta? Se continuar pensando nos outros, sua vida será arruinada. Comece a viver com mais liberdade. Seja fiel a si mesma.

Palavras reconfortantes.

Comece a viver com mais liberdade. Seja fiel a si mesma.

Nanami sentiu como se seu corpo começasse a flutuar suavemente, mas então respirou fundo e ouviu um som fraco no peito. Era como um assobio agudo. Ela soube imediatamente que era um mau sinal, mas não havia nada que pudesse fazer. O aviso havia se misturado de alguma forma à doce e sonolenta sensação de que tudo estava bem.

Então, esse equilíbrio foi abalado por um calor repentino que Nanami sentiu nas pontas dos dedos, espalhando-se lentamente pelas mãos e pelos braços, como se os infundisse com luz e empurrasse a escuridão de volta para o peito. Ela olhou para os dedos e viu que havia luz nas pontas, e de algum lugar além, ouviu a voz alarmada do gato:

— Nanami!

Ela recobrou os sentidos. Ao mesmo tempo, todas as forças se esvaíram de seu corpo e ela caiu de joelhos.

— Nanami, você está bem?

O rosto do gato estava bem ali, sério e preocupado. A respiração de Nanami estava irregular e havia um chiado perturbador saindo de seus pulmões.

— Você me trouxe de volta... Obrigada.

— Esquece essa história de obrigada. Tome seu remédio.

Nanami obedeceu, pegando o inalador do bolso e inspirando fundo.

Ali perto, as engrenagens da máquina rangiam sem parar, e o vapor jorrava ruidosamente. Com o canto do olho, Nanami viu neolivros voarem pelo ar e pousarem no chão com um baque. Era difícil acreditar que um momento antes ela estivera parada na paz envolvente da escuridão.

— Você não está com uma cara boa, Nanami — comentou o gato.

— Vou ficar bem... Eu acho.

— Não sei, não. Está pálida como o Primeiro-Ministro.

— Que maldade me comparar com aquele cara esquisito. Mas acho que é verdade... Nunca me senti tão mal. — Ela colocou a mão sobre o peito e inspirou lenta e cuidadosamente. — Parece que perdi a consciência.

— Foi o que pareceu mesmo. Por um breve instante.

Ainda ajoelhada, Nanami voltou a atenção para o sofá. O Primeiro-Ministro não se mexera. Continuava sentado ali, de pernas cruzadas; no entanto, a expressão em seu rosto havia mudado. O sorriso alegre desaparecera e os olhos que a observavam estavam impassíveis.

— Que surpresa. Pensei que não voltaria. A maioria dos humanos me obedece.

— É verdade — acrescentou o gato, sacudindo de tal maneira que parecia trêmulo. — Estas frases, "Comece a viver com mais liberdade. Seja fiel a si mesma", são apelativas tanto quanto aterrorizantes.

Nanami notou que o semblante do gato estava tenso de preocupação.

— Você ficou me chamando o tempo todo, não? — disse ela, alisando a cabeça do gato com uma mão bamba.

Embora o pesadelo tivesse durado apenas alguns instantes, sua testa estava coberta de pequenas gotas de suor e seus cabelos escuros estavam arrepiados. Sem se preocupar em enxugar o suor, Nanami estendeu a mão direita e puxou a bolsa para mais perto.

— Este livro me protegeu.

— Qual livro?

Ela abriu um canto da bolsa e revelou *A agulha oca*, que emitia um brilho suave. Na escuridão congelante, tinha sido esse livro que lhe havia trazido um calor reconfortante.

— Você é muito forte.

— Não fui eu. Foi o livro.

— Não, você que é forte. — O tom do gato era firme, mas o calor em sua voz derreteu o frio no peito de Nanami. — Não devemos ficar mais — continuou ele. — Não temos mais força.

— Estou bem.

— Nanami...

— Eu dou conta. Só levei um sustinho.

— Um sustinho?

Nanami deu um sorriso um tanto sombrio ao ver a expressão perplexa do gato. Ao mesmo tempo, percebeu que havia lágrimas nos cantos dos olhos dele.

— Parece que, sem perceber, eu andei tendo que lidar com muita coisa — explicou ela. — Pensei que estava conseguindo dar conta de tudo do meu jeito, mas estou me sentindo meio derrotada agora.

Respirando fundo, ela enxugou as lágrimas e se sentou. Tinha visto algumas cenas desagradáveis, com certeza, mas ao mesmo tempo sabia que a voz que ouvira não era verdadeiramente a sua. E se ter a capacidade de reconhecer aquilo era um sinal de força, então talvez o gato estivesse certo sobre ela, afinal.

— Não é bom se comportar como bem entender. Pessoas que cometem atos violentos sempre enfrentam o acerto de contas. Disso, eu sei.

— Não há muitas pessoas que concordariam com você. Todas mentem sem pensar duas vezes, cometem fraudes, prejudicam os outros, abusam deles. Talvez a sociedade tenha se tornado tão distorcida que seja impossível sobreviver sem se comportar dessa maneira.

— E é por isso que muitas pessoas levam esse cara a sério — disse Nanami, apoiando as duas mãos no chão para ser erguer lentamente.

O Primeiro-Ministro continuou a encarar Nanami, imóvel, os lábios selados.

— Não soa tão mal esta frase: "Seja fiel a si mesmo". Mas se acha que está sendo fiel a si mesmo dando uma rasteira em alguém, você entendeu tudo errado.

Nanami olhava diretamente nos olhos do Primeiro-Ministro enquanto falava. Ao fazê-lo, algo estranho aconteceu: a gigantesca máquina de encadernação começou a desacelerar; os pistões começaram a tremer e perder o ritmo; os jatos de vapor enfraqueceram e as engrenagens que até então giravam tão suavemente começaram a oscilar e ranger. Até os soldados que corriam de um lado para o outro pararam.

O Primeiro-Ministro indagou:

— Como pode ter tanta certeza disso? De onde vem essa confiança toda?

— Não sei de onde vem. O que posso dizer é que não importa o quanto eu queria fazer o que bem entenda, há muitas coisas das quais não dou conta sem ajuda.

— Eu te entendo. Há muitas pessoas, porém, que não necessitam de ajuda. E temo dizer que seu futuro é ser o capacho de alguém. Um trampolim para essas pessoas.

— Não é o que vai acontecer — disse Nanami, baixinho.

O Primeiro-Ministro franziu a testa. Ela o ignorou e continuou:

— Sempre que estou passando por um momento difícil, muitas pessoas me oferecem ajuda e apoio. O médico me encoraja e me diz para não me preocupar muito; quando peguei o trem, Itsuka estava ao meu lado. E quanto à jornada até este castelo perigoso, este gato incrível veio como meu companheiro.

Nanami sentiu o gato se remexer, mas não olhou para baixo. Manteve os olhos fixos no rosto do Primeiro-Ministro.

— Meu pai me disse há muito tempo: "Não estamos sozinhos no mundo. Sempre que estiver em apuros, pode pedir ajuda a muitas pessoas. E um dia você vai ser capaz de retribuir".

Palavras de encorajamento para uma garota que não conseguia se mover tão livremente quanto gostaria. Na verdade, Nanami não tinha certeza se algum dia conseguiria pagar integralmente o que devia aos outros. Mas, tendo experimentado a dificuldade de subir um longo lance de escadas, sabia que jamais seria alguém que chuta o outro para baixo. Ela sempre preferiria ser aquela que estende a mão para que pudessem subir juntos.

De alguma forma, a expressão do Primeiro-Ministro havia mudado. Seu rosto estava contorcido como se estivesse com dor. Foi um choque para Nanami ver tal reação em um homem que havia pouco parecia tão implacavelmente alegre.

— Que frustrante! — ele disse entre dentes. — Estou tentando lhe dar um conselho. Eu gosto de você, estou tentando guiá-la. Não entende?

— E eu ainda quero saber por que você tem tanto medo de livros.

— Medo? Ou...

Ele parecia amargurado, mas, inesperadamente, não tentou negar. Seu rosto se fechou e ele apoiou a cabeça nas duas mãos magras, como se sentisse uma enxaqueca repentina.

— Qualquer um com coração acaba derrotado. Eu vi isso com meus próprios olhos. São sempre os sem coração que sobrevivem. O coração humano não passa de um folclore antigo, que só existe nos livros. Bem, está até desaparecendo das páginas destes. E tudo bem, porque é assim que as pessoas se fortalecem. — O Primeiro-Ministro balançou a cabeça, irritado, segurando um punhado de cabelo na mão. — É tão óbvio, mas ainda assim uma verdade desagradável. Argh. Estou me sentindo mal.

Com a mão esquerda, ele começou a coçar a cabeça, fazendo com que o cabelo se arrepiasse, e ao mesmo tempo estalou os dedos da direita. Imediatamente, a porta marcada "Gabinete do Primeiro-Ministro" se abriu e centenas de soldados, antes parados como marionetes, entraram correndo, alinhando-se ao redor do tapete vermelho.

— Fora daqui! — o Primeiro-Ministro gritou para Nanami. — Você está me deixando doente.

Nanami estava paralisada, então ele continuou a forçá-la:

— Não me obrigue a falar de novo. Melhor você ir embora antes que eu perca a cabeça. Se me deixar mais bravo, não vai conseguir encontrar o caminho de volta pra casa.

Seus olhos flamejavam de fúria por entre os dedos das mãos, agora pressionados contra a testa.

Algo havia mudado. Nanami sentiu - algo se movendo atrás da figura do Primeiro-Ministro. Ela já sentira a mesma presença no Grande Salão do General. Uma presença sombria e sinistra. Não conseguia falar, não conseguia se mover, enquanto sentia uma escuridão surgindo por trás do Primeiro-Ministro, sentado ali, angustiado, com a cabeça entre as mãos. A escuridão era de tirar o fôlego.

— Isso não é nada bom. Vamos dar o fora daqui, Nanami.

A voz autoritária do gato tirou Nanami de seus pensamentos. Mesmo assim, ela não conseguia desviar o olhar do sofá onde o Primeiro-Ministro agora se contorcia em agonia.

— O que está acontecendo? — perguntou ela.

— Há algo dentro daquele homem. Ou talvez seja esta a verdadeira forma dele. De qualquer modo, não temos tempo para hesitar.

— Ele parece estar com tanta dor. Como podemos largá-lo aqui?

— Eu não acredito! — a voz trêmula do Primeiro-Ministro soou. — Mesmo nesta situação perigosa, ainda se preocupa comigo?

De um lado do rosto, o Primeiro-Ministro cerrava os dentes de dor. Mas Nanami engasgou ao ver o outro lado. Lá, ele exibia um sorriso tênue, muito diferente do sorriso alegre do começo. Um sorriso glacial.

— Que garota fascinante você é. — O tom de voz dele estava completamente diferente.

— Qu-quem é você? — gaguejou Nanami.

— Boa pergunta — disse ele através do sorriso gelado. Não soava mais como a voz de uma pessoa jovem; havia nela o timbre de um homem maduro. — Sou aquele que foi criado. Criado por mãos humanas... Que raridade encontrar um ser humano com coração... — Enquanto ele falava, a porta do Gabinete voltou a se fechar lentamente. — Devo deixá-la partir, ou obrigá-la a ficar...? Que dilema.

O gato chamou Nanami com desespero, então se virou e correu para a saída. Nanami o seguiu logo atrás. Além do Gabinete do Primeiro-Ministro, ficava o Grande Salão do General, e ele se encontrava deserto. Instintivamente, Nanami foi até o cubo de mármore branco mais próximo e pegou o restante da coleção de Lupin. Enquanto jogava os livros na bolsa, olhou para trás e viu o jovem acinzentado encolhido no sofá. Acima da cabeça dele, uma entidade desconhecida assomava. Não havia nada a fazer a não ser parar de pensar e correr.

Nanami e o gato caminharam silenciosamente pela passagem iluminada em azul. Não trocaram nenhuma palavra. Não foi o alívio pelo retorno em segurança que os silenciou, mas a estranha cena que tinham acabado de testemunhar os atormentava.

— Só mais um pouquinho — o gato falou de repente. — Você consegue?

Nanami assentiu. Sua bolsa estava quase transbordando de livros.

— Os livros estão pesados?

— Tudo bem. Nem parece que tem tantos aqui dentro.

A bolsa continha A *agulha oca* e todas as suas sequências – dez volumes no total –, mas Nanami mal notou seu peso.

— Aqui, a força física não conta — recordou o gato. — A força que importa aqui é a do coração.

— Ele também tinha um coração muito forte.

— Quem? O Primeiro-Ministro?

— E, mesmo assim, ele estava sofrendo. Parecia perdido.

— Perdido, como?

— Não entendi muito bem, mas em um dos meus livros preferidos, tem uma frase: "Todos os que não encontram o caminho de volta mais cedo ou mais tarde querem ser imperadores". Será que o General e o Primeiro-Ministro se perderam?

O gato não reagiu às reflexões de Nanami.

Depois de andarem por mais um tempo, o gato enfim falou daquele seu jeito austero.

— Enfim, pelo menos você conseguiu voltar. Para falar a verdade, em certo momento pensei que não conseguiria. Contudo, você não parou de dialogar e convenceu aquele homem a abrir a porta para nós. Foi uma vitória importante.

— Isso foi um elogio? — Nanami perguntou com uma risada hesitante. — Eu nem fui tão bem assim. Não entendia metade do que ele estava dizendo.

— Tudo bem — disse o gato, sem diminuir um átimo do passo. — Não dá para expressar tudo em palavras. Se realmente analisar uma conversa, o que está transmitindo quando fala não é o significado das palavras, mas sua vontade de transmiti-las. Se expressar seus sentimentos com o coração, o conteúdo e o significado virão. No entanto, no mundo de hoje, essas verdades ruíram. As pessoas empilham palavras frias e impiedosas em fileiras perfeitas, como tijolos, e as rotulam de lógica, acreditando que, desde que algo seja lógico, a mensagem será transmitida automaticamente. Ainda assim, um copo gelado de lógica não se compara a uma xícara de chá bem quentinho.

— Curioso — Nanami comentou, encarando a figura do gato andando à sua frente. — Está falando sobre conceitos realmente difíceis, mas estou entendendo tudo o que está dizendo.

— Isso porque estou sendo sincero. Não se esqueça de que as palavras são como um telescópio. Elas ajudam a ver as coisas que você quer ver, mas cegam para todo o resto. Nesse sentido, com astúcia o Primeiro-Ministro usou palavras inteligentes para chamar sua atenção e atraí-la, tornando convenientemente o resto invisível. Mas você o superou por nunca se esquecer do mundo fora da lente.

— Acabei de falar que não sou tão especial. Já dei muito trabalho para muita gente na minha vida. Não consigo concordar. Acho que sou muito cínica.

Enquanto andavam, a passagem foi ficando mais clara.

Nanami acabara de vivenciar algo completamente aterrorizante, mas aos poucos seu medo ia diminuindo. A voz suave do gato parecia ter esse efeito:

— Acho que é hora de dizer adeus — disse ela, cerrando os olhos diante da força da luz.

— Creio que sim.

— Quando é nossa próxima missão?

O gato pareceu chocado por um instante, depois continuou com seu tom despreocupado de sempre:

— Que pergunta estranha. Já conseguiu pegar seus amados Lupins de volta. E o Primeiro-Ministro disse que não planejava roubar mais livros. Precisamos partir em outra missão?

— Eu já entendi tudo, sabia? Sei muito bem que as coisas ainda não acabaram.

O gato parou de andar, mas não olhou para trás.

— Sei... — Então, sob aquela luz cada vez mais forte, ele se virou de corpo inteiro para encarar Nanami. — Bem, com você por perto, podemos dar um jeito nisso.

Os olhos verdes dele faiscavam com sabedoria.

— Dar um jeito?

— Você tem toda razão quando diz que isso não acabou. O Homem Cinzento precisa ser detido. — A última parte veio de um lugar distante, como se a voz do gato estivesse sendo consumida pela luz.

Nanami se viu em um corredor com piso de madeira reluzente, ladeado por estantes de madeira repletas de livros usados. Luminárias de ferro fundido pendiam no teto.

No final do longo corredor, Rintaro esperava pacientemente.

Nanami nunca tinha visto o pai, Seiichiro, tão furioso.

O pai podia ser severo, mas não se irritava facilmente. Na maior parte do tempo, era calmo e paciente. Nanami imaginou que era por causa desses mesmos traços de personalidade que ele sempre acabava trabalhando demais.

Naquele momento, ele estava fora de si de fúria.

Ela nem tinha chegado tarde em casa – era pouco depois do meio-dia.

O problema não era o horário, embora ele provavelmente estivesse mais atento desde que ela chegara tarde no outro dia. A questão de Seiichiro era a percepção de que a filha em quem ele confiara para se deslocar exclusivamente entre a casa, a escola e a biblioteca poderia, na verdade, estar se esgueirando por aí.

Nanami havia saído cedo pela manhã e, depois de algumas horas, como não havia voltado para casa, Seiichiro ligou para a casa de Itsuka. Foi assim que descobriu que Itsuka não tinha saído com Nanami – ela estava participando de um torneio de arco e flecha.

Então, onde estava Nanami? Ela havia mentido sobre estar com a amiga. Por que andava tão cheia de segredos ultimamente?

Seiichiro olhou feio para a filha. Nanami havia voltado sozinha de trem da Livraria Natsuki, mas o fato de ter se proposto tal desafio apenas dobrou a raiva do pai.

— Você não pode fazer esse tipo de coisa, Nanami. Você não dá conta. — Sentaram-se frente a frente à mesa da cozinha. A voz exasperada de Seiichiro dominava o pequeno espaço. — Tudo bem ir até a biblioteca, ou sair com a sua amiga às vezes. Mas mentir para seu pai e pegar o trem para um lugar tão longe é simplesmente inadmissível.

— Desculpa. — Não havia nada que Nanami pudesse fazer a não ser oferecer desculpas sinceras.

— Olha, eu estou cheio de trabalho. Por favor, não me dê mais motivo de preocupação.

— Não vou mais... — Nanami mantinha a cabeça baixa e os olhos fixos sobre a mesa. Ela baixou a voz: — Acha que poderia trabalhar menos?

— O que você disse? — Nanami levou um susto com o tom de incredulidade. — O mundo é mais duro do que você pensa. Não importa o quanto trabalhe, a vida não fica mais fácil. E se não tivermos dinheiro, não posso te mandar para a faculdade. Hoje em dia, se não tomar cuidado, você pode ser chutada para o último degrau da escada social.

Nanami começou a se sentir desconfortável, mas o pai não pareceu notar.

— Você já está no oitavo ano — continuou ele. — Não pode mais ficar indo na biblioteca para ler livros todos os dias. Precisa focar mais no futuro. Quando entrar no mundo real, vai precisar lutar para sobreviver. Ninguém vai te ajudar.

Nanami não conseguia acreditar que seu pai, que outrora amara tanto os livros, pudesse estar dizendo coisas assim. De repente, percebeu por que estava sentindo aquele desconforto.

Às vezes, seu pai soava como o General Cinzento ou o Primeiro-Ministro. Ele não se parecia em nada com nenhum desses homens, mas ainda assim, algumas das coisas ela já ouvira deles: *chutada para o último degrau da escada social... você tem que sobreviver... ninguém vai te ajudar*.

Concluindo que devia estar apenas muito cansada, ela levantou a cabeça e ficou horrorizada com o que viu. A pele do pai parecia cinzenta. Não podia ser, mas lá estava – um rosto com todo o sangue drenado. Um rosto cinzento.

Houve um som de batida no peito de Nanami, e de repente ela sentiu dificuldade para respirar.

— Nanami? O que foi? — Seiichiro perguntou, preocupado.

Nanami percebeu que não conseguia olhá-lo no rosto.

— Você está tendo um ataque de asma? Rápido, pegue seu inalador!

Nanami não precisava desses avisos; já estava tirando-o do bolso e aspirando.

— Você exagerou hoje. Para onde você foi e o que foi fazer?

A voz de Seiichiro parecia vir de algum lugar distante. Nanami estendeu a mão e a levou ao pescoço. Tinha começado a suar frio. Ajustou o olhar ligeiramente e, de repente, pensou ter avistado algo na penumbra da cozinha – um terno cinza.

Aqueles que andam ao nosso lado... Aquele que foi criado...

Ela não sabia o que aquelas palavras significavam.

Mas não eram de alguma história ambientada em um mundo alternativo muito, muito distante; os homens cinzentos estavam ali com eles.

E com esse pensamento sentiu como se algo estivesse sendo sugado de seu corpo. Tomada pela tontura, ela desabou sobre a mesa.

CAPÍTULO 3

AQUELE QUE PROLIFERA

Era a primeira febre que Nanami tinha em muito tempo.

Ela estava deitada na cama, completamente entediada com a visão do teto. Não saíra de lá desde a tarde em que voltara de trem da Livraria Natsuki.

Talvez estivesse apenas exausta após a viagem estressante. Mas, enquanto seu pai estava furioso, a mente dela pareceu relaxar de alguma forma – embora essa talvez não fosse a palavra certa – e ela desmaiou.

Seu pai lhe explicou depois que, embora ela estivesse com febre, não ocorrera uma crise de asma e ele não precisara chamar uma ambulância. Ele tinha ficado tão abalado com o incidente que toda a raiva se dissipara imediatamente e ele a carregara para a cama para descansar um pouco.

Ela se lembrava de ter cochilado e, nesse meio-tempo, tinha fragmentos de memória: o céu ficando vermelho lá fora, o sol se pondo e o pai ao seu lado o tempo todo. Quando finalmente abriu os olhos, havia um céu azul brilhante entre as frestas das cortinas.

— Você exagerou mesmo dessa vez — disse Seiichiro com o que pareceu ser um suspiro de alívio.

Apesar da expressão severa de sempre, e do cansaço por ter ficado sentado com ela a noite toda, a pele acinzentada do dia anterior havia desaparecido.

— O que foi? Tem alguma coisa no meu rosto? — perguntou ele.

Nanami balançou a cabeça apressadamente e se escondeu ainda mais debaixo das cobertas para evitar os olhos dele. No entanto, ficou aliviada ao ver que o pai de sempre estava de volta; um pouco severo, mas muito sincero e cheio de preocupação por Nanami sempre que ela não se sentia bem.

Seiichiro tinha algumas opiniões sobre a situação da filha. Estava pensando em como colocá-las em palavras.

— Não vou perguntar onde você esteve, fazendo o quê — disse ele, por fim. — Entendo que de certos assuntos não dá para conversar com o pai. Só não faça nada que vá te prejudicar. Você sabe que sua saúde é frágil.

Nanami espiou por cima do cobertor e assentiu.

— Promete?

Ela assentiu uma segunda vez.

Foi então que Nanami olhou para o relógio e percebeu que já era quase meio-dia. Mas seu pai ainda estava com roupas de ficar em casa. Foi uma mudança agradável vê-lo sem terno e gravata em uma tarde de dia de semana.

— E o trabalho?

— Nunca deixaria você aqui sozinha. Tirei um dia de folga.

— Um dia de folga?

— Amanhã eu me preocupo com o trabalho. Hoje vou ficar aqui com você.

— Sério? — Nanami sorriu contente, mas seu pai lhe olhou firme.

— Fique sabendo que não é fácil tirar folga. Tenho muitos afazeres. Amanhã eu preciso voltar, então trate de melhorar.

Nanami murmurou uma resposta e puxou os cobertores de volta por sobre o rosto. Ela não queria que o pai visse que ela ainda estava sorrindo.

— Tá certo. — Seiichiro suspirou ao se levantar da cadeira.

— Pai? — Nanami falou com a voz propositadamente fraca.

— O que foi?

— Desculpa.

Seiichiro franziu a testa por um momento, depois relaxou os ombros e balançou a cabeça.

— Não — disse ele suavemente. — Acho que, no fim, foi bom. — Ele coçou a cabeça e apertou os olhos contra a luz do dia que entrava pela janela. — Eu ando ocupado demais. Pensava que era pelo seu bem, mas acho que exagerei.

Essa resposta pegou Nanami de surpresa.

— Mas isso não significa que está perdoada por sair por aí e mentir para mim. Está proibida de ir à biblioteca até se recuperar completamente.

— Ok — disse Nanami, obediente. — Se eu prometer ficar em casa, posso ir ao seu escritório?

— Está planejando ler na cama?

— Não posso?

— Não quero dizer isso, mas...

— Você odeia livros agora? — As palavras simplesmente escaparam. Naquele momento, ela sentiu como se estivesse perto do pai pela primeira vez em muito tempo. Olhou para o rosto perplexo dele por trás das cobertas. — Bom, é que ontem você me falou que eu não deveria ler o dia inteiro — insistiu ela.

— Eu falei isso? — Seiichiro parecia genuinamente confuso. — Acho que não sou muito bom em me comunicar... Tá bom, vá em frente, pode usar meu escritório como bem entender.

— Sério?

— Lembre-se... E sei que já falei isso... Por favor, não exagere. Se tiver outra febre, vou proibir a leitura mesmo.

— Ok — disse Nanami outra vez, tentando ficar o mais séria possível.

Na verdade, ela não se sentia nem um pouco doente. Era uma pena não poder ir à biblioteca, mas tirar uma folga da escola e ficar em casa lendo o quanto quisesse era o paraíso. Melhor ainda, seu pai estava em casa com ela.

Ela se enrolou debaixo das cobertas e aproveitou a sensação de aconchego que a invadia.

O escritório do pai dela não era muito grande – nele cabiam apenas seis tatames –, mas todas as paredes eram abarrotadas de livros. Havia uma pequena escrivaninha e uma cadeira em um canto, mas como o pai raramente trabalhava em casa, pareciam irrelevantes.

Naquela tarde, Nanami entrou no escritório e sentou-se à escrivaninha, de onde examinou as paredes repletas de livros. Muitos dos livros eram complexos demais para Nanami. Ele trabalhava para uma agência corretora, então uma seção das prateleiras estava reservada para livros sobre economia e política. No entanto, a maioria era uma mistura diversificada de literatura, filosofia e ética, além de outros títulos não relacionados ao trabalho.

Enquanto contemplava o impressionante conjunto, a mente de Nanami voltou-se aos misteriosos eventos que tinham acontecido no castelo.

A bizarra figura cinzenta do Primeiro-Ministro não saía da sua cabeça. Seu comportamento alegre havia desaparecido, revelando uma frustração muito crua. No fim, ele parecia estar sofrendo algum tipo de tormento enquanto expulsava Nanami e o gato.

Ela fixou o olhar em uma prateleira específica. Era onde ficavam os livros ilustrados que ela lera na infância. No canto mais distante, estava o exemplar de A *agulha oca* que Nanami resgatara do Grande Salão do General. No dia anterior, também trouxera de volta os nove volumes restantes da série de Lupin, mas, no momento em que voltou à Livraria Natsuki, eles retomaram instantaneamente o peso original e doeram no ombro de Nanami. Ela decidira deixar os livros ali e levar apenas A *agulha oca* para casa. Pretendia recuperar os outros e devolvê-los à biblioteca quando se sentisse melhor.

No entanto, ela sabia que isso não resolveria o problema. Ainda havia um grande número de livros naquele Grande Salão e ainda mais em outras partes do castelo. Ela tinha certeza disso.

E não era só isso. O gato havia dito: "O Homem Cinzento precisa ser detido".

Nanami pensou na figura surpreendentemente diminuta do gato enquanto ele se afastava dela.

Aqueles que andam ao nosso lado... Aquele que foi criado...

Duas frases realmente difíceis de compreender.

Nanami as repetira para Rintaro naquele dia. Ele apenas ficara pensativo e lhe pedira um tempo para refletir sobre o significado.

Ela decidiu que, quando estivesse totalmente recuperada, pediria ao pai que a levasse à Livraria Natsuki, na esperança de que Rintaro a ajudasse a bolar um plano. Não havia como sair de casa às escondidas mais uma vez; da próxima vez, contaria com a ajuda do pai. O problema era como explicar a situação... Mas sentia que, depois da forma como haviam se comunicado naquela manhã, ela conseguiria. Um dos melhores atributos de Nanami era sua capacidade de ver as coisas de forma positiva.

— Quando eu melhorar, eu vou até a livraria — anunciou, ousada, para si mesma.

Agora que havia tomado uma decisão, rapidamente mudou de assunto. Era hora de escolher qual livro ler. Deveria pegar um romance com muitas páginas e que nunca tivesse lido? Ou seria legal dar uma olhada em um de seus antigos livros ilustrados depois de tanto tempo? Mesmo que fosse para a cama um pouco mais cedo naquela noite, ainda teria bastante tempo para ler no dia seguinte. E seu pai estaria lá com ela até o meio-dia.

Antes que ela percebesse, seu rosto relaxou em um sorriso enorme.

No meio da noite, os olhos de Nanami se abriram de repente.

Ela havia dormido até tarde na manhã anterior, o que significava que não deveria estar dormindo profundamente agora. Olhou para o relógio e viu que já era quase meia-noite.

Sentiu um estranho mal-estar no estômago, que a fez sair da cama e espiar pela fresta das cortinas. Começara a garoar e estava mais frio do que durante o dia. A cena lá fora tornava-se ainda mais sombria devido à luz fraca do poste de luz bruxuleante.

Decidiu pegar um copo d'água na cozinha, então saiu para o corredor, mas parou de repente. Uma escada levava ao térreo, ao pé da qual ficava o quarto do pai, à direita, e mais adiante, no final do corredor, o escritório. A porta do escritório estava entreaberta e uma luz fraca brilhava lá de dentro. A princípio, pensou que o pai ainda estivesse acordado, mas depois percebeu que a luz não era a iluminação habitual da lâmpada no teto. Desceu as escadas sorrateiramente e empurrou a porta com cuidado. Estava como ela havia imaginado: todo o escritório iluminado por aquela luz branco-azulada, já familiar. As estantes brilhavam, quase balançando, como se estivessem tentando atrair Nanami para mais perto.

— Como isso veio parar aqui? — perguntou ela em voz alta.

Ao entrar na luz, esperava ver a passagem sem fim. Não estava lá. Em vez disso, todas as quatro paredes de estantes brilhavam em um azul-claro. O mais brilhante de todos era o canto onde Nanami guardara o exemplar de *A agulha oca* da biblioteca.

Quando estendeu a mão para tocar o livro, ouviu uma conhecida voz grave:

— Desculpe incomodá-la a esta hora, Nanami.

Ela se virou e viu o gato malhado agachado sob a estante na parede oposta. O súbito aparecimento de Tigre não a surpreendeu, mas a aparência alterada do gato era chocante. As orelhas triangulares e os olhos verde-jade eram os mesmos de sempre, mas seu pelo estava áspero e desgrenhado, sua respiração estava ofegante, e o rosto, normalmente tão altivo e ousado, parecia abatido e exausto.

— O que aconteceu?

— O evento que eu mais temia está prestes a ocorrer. O Homem Cinzento vai aplicar seu golpe de mestre.

Nanami imediatamente percebeu a urgência na voz do gato. Ela se ajoelhou e colocou a mão em suas costas. Uma parte de seu pelo estava preta e queimada. Algo impensável devia ter acontecido para deixar marcas de queimadura como aquelas.

— O que aconteceu?

— Não tenho tempo para explicar. Preciso da sua ajuda.

Esta foi a primeira vez que Nanami recebeu um pedido direto de ajuda.

— Em circunstâncias normais, eu jamais envolveria você em algo assim, mas acho que é a única pessoa que pode parar aquele homem.

— De quem está falando? Do General? Do Primeiro-Ministro?

— Nenhum dos dois. Ou, de certo modo, de ambos. O Homem Cinzento corporifica diversas emoções humanas. O General e o Primeiro-Ministro são apenas duas dimensões daquele ser. Enfim, sua presença parece ter sido inesperada e agora ele está se apressando para concluir seus planos. — O gato balançou a cabeça em desgosto. — Odeio envolvê-la nisso, Nanami, mas não há nada mais a fazer. — Ele olhou para a menina bem em cheio e repetiu o pedido: — Preciso da sua ajuda.

— É claro — ela respondeu sem hesitar. A voz soou clara.

Os olhos do gato se arregalaram diante de uma resposta tão determinada e Nanami ficou presa nesse olhar. Ela franziu o cenho.

— Por que ficou tão surpreso?

— Não estou surpreso. Apenas me lembrei de algo.

— Do quê?

— Há muito tempo, um menino veio me ajudar da mesma forma que você. Eu pensei a princípio que ele era um garoto sem futuro, apático; no entanto, ele se dispôs a correr riscos para me ajudar. Com um sorriso generoso, ele me ofereceu ajuda para proteger os livros. A personalidade dele era muito diferente da sua, mas é estranho: estar com você agora me lembra dele. Sinto falta daqueles tempos.

Os olhos luminosos do gato refletiam uma emoção profunda. Era um momento raro para esse animal habitualmente sereno, que nunca expressava sentimentos desnecessários.

É claro que Nanami não tinha como saber nada sobre as memórias do gato. Ainda assim, fazia uma ideia da identidade do garoto de quem ele estava falando.

— Definitivamente não sou tão esperta quanto esse garoto. Sou mais frágil também. Mas estou determinada a não perder para ele em força mental.

— Não se preocupe. Sua mente é a arma mais poderosa naquele labirinto. Por que acha que nos conhecemos naquela biblioteca? Para mim, ficou claro que não foi coincidência. Você tem o poder de salvar os livros, e por isso fui levado até você.

— Eu sempre soube que não tinha sido coincidência — Nanami falou com um sorriso sutil.

Os olhos verdes, sempre imperturbáveis, tremeram levemente, e o gato abaixou a cabeça com lentidão.

— Agradeço profundamente. — O cínico felino soou sincero dessa vez.

— E agora? O que faremos? — perguntou Nanami. — Não há passagem mágica aqui.

— Há um caminho.

O gato indicou a estante logo atrás. Nanami enxergou a passagem: uma pequena abertura entre as prateleiras mais baixas, quase da altura do gato. Era igual às passagens anteriores que havia encontrado, mas em uma escala muito menor. Mesmo a franzina Nanami acharia impossível se enfiar por ela.

— Tão pequena?

— Esse é o limite neste local. O poder dos livros certamente está enfraquecendo.

— O que fazemos, então?

— A biblioteca.

Nanami ficou horrorizada.

— Ir até a biblioteca?

— Lá ainda há muitos livros. Lembra a primeira passagem? Ainda deve estar grande. Lembra qual era o local exato?

— Eu lembro, mas você não sabe que horas são? — Nanami olhou para o relógio de parede. Como esperado, já era meia-noite. — Para entrar na biblioteca, precisamos passar pela porta, pela recepção — protestou ela. — São muitas barreiras. Você sabe que ela não funciona vinte e quatro horas por dia, né?

— Isso não é problema. Podemos entrar.

Nanami ficou estupefata; o gato olhou de volta, imperturbável.

— Você vai ver. Está duvidando de mim?

— Umas duas semanas atrás, com certeza eu duvidaria, mas... — Ela se interrompeu e sacudiu a cabeça. — Agora eu acredito.

— Esplêndido. Bem, não temos tempo a perder. Por favor, vá logo.

— Certo. Com certeza, eu vou; só tome cuidado para não se esforçar demais sozinho.

Nanami segurou a cabeça do gato entre as mãos. Previsivelmente, os olhos dele se arregalaram.

Ela podia ver como todo o comportamento de seu companheiro havia mudado. Parecia quase imperceptível. Nanami tinha a sensação de que, se soltasse o felino agora, ele poderia se dissolver no nada. Mesmo segurando sua cabeça, ele não se opôs. Continuou a encará-la diretamente nos olhos.

— Espere por mim, ok?

O gato assentiu como pôde, preso daquele jeito entre as mãos da menina.

— Nanami, quem está aí? — A voz veio do corredor além da porta do escritório. Era o pai dela.

O gato lançou um olhar naquela direção e então se virou rapidamente para avisar:

— Estarei esperando. Você é nossa última esperança.

Ele saltou para dentro da pequena passagem no exato momento em que a porta do escritório se abriu. Nanami se levantou quando o pai apareceu na porta, de pijama.

A luz azulada havia desaparecido, e a única iluminação do escritório era a luz bruxuleante do poste além da pequena janela.

— O que você está fazendo aqui a uma hora dessa? — perguntou Seiichiro ao mesmo tempo que bocejava. Ele olhou ao redor com curiosidade, mas não havia nada de extraordinário. — E com quem estava conversando no escuro?

Ele acendeu a luz, e Nanami fechou os olhos diante da onda de claridade.

— Sei que ama ler, mas que ideia é essa de se levantar no meio da noite quando ainda nem se recuperou de tudo?

— Desculpa.

— E fazendo tanto barulho no escuro sozinha... Bom, isso é estranho, Nanami. — A irritação na voz do pai enrijeceu Nanami.

Ele tinha razão – tudo isso era estranho. Ela sabia que não era normal. Aliás, na semana passada, nada de normal lhe acontecera. Um gato falante, passagens azuis brilhantes, homens cinzentos... Mas só porque era tudo tão estranho, não significava que não fosse importante.

Nanami estava parada no meio do escritório, as bochechas coradas e os lábios firmemente pressionados, olhando para o pai.

— O que foi, Nanami?

— Pai, preciso pedir um favor.

Seiichiro podia sentir que tinha algo de errado com sua filha, as duas mãos cruzadas na frente do peito.

— O que foi? Por que está tão nervosa?

— Sei que vai me achar maluca, mas quero ir à biblioteca.

Seiichiro ficou perplexo. Por um instante, pareceu tentar desesperadamente entender as coisas. Piscou algumas vezes e então arriscou uma resposta:

— Claro, quando você estiver recuperada, vamos juntos. Faz tempo que não vou.

— Quando eu estiver recuperada, será tarde demais.

— Tarde demais? Quer ir amanhã, então?

— Não. Agora.

Obviamente, Seiichiro ficou sem saber o que falar.

— Sei que parece que fiquei doida — continuou Nanami —, mas é urgente. Preciso ir agora.

— Nanami... — Seiichiro ainda estava chocado. De algum modo, conseguiu encontrar as próximas palavras:

— Sabe que não dá. Do que está falando?

— Sei que é estranho.

— Então, ao menos me explique o que está acontecendo. Sem dar mais detalhes, pedindo para ir à biblioteca no meio da noite...

— Claro que vou explicar tudo. Mas me avisaram que não há tempo. Não dá tempo de ficar aqui conversando.

— Não fale besteira, Nanami! — A voz de Seiichiro ficou severa. A sonolência sumiu de seu rosto e sulcos profundos surgiam na testa. Seu humor passava de confuso para irritado. — Sabe, ultimamente você anda agindo de uma forma muito estranha. Mentindo para mim, me dando preocupação, acordando no meio da noite e fazendo um escândalo. É um problema atrás do outro. Admito que ando muito ocupado com o trabalho ultimamente, e sinto muito por isso. Mas há comportamentos que são inaceitáveis.

— Sei que causei preocupação...

— Se você sabe...

— Pediram minha ajuda. — O tom determinado de Nanami surpreendeu Seiichiro, que parou de falar.

Nanami sabia que o que ela dizia soava absurdo e era perfeitamente compreensível que seu pai estivesse zangado. Estava agindo de forma bizarra. Do ponto de vista dele, sua filha asmática havia chegado tarde em casa, viajado sozinha para uma cidade distante e agora estava se comportando de forma estranha no escritório do pai no meio da noite.

E ainda assim...

Ela não conseguia tirar a imagem do gato da cabeça – seu rosto abatido, o olhar urgente nos olhos e as manchas queimadas de pelo no corpo... Ela não sabia o que estava acontecendo, mas sabia que devia ser algo terrível.

— Ele está esperando por mim. Um grande amigo meu.

— Um amigo?

— Há muitas coisas que não entendo, mas eu sei de uma coisa: meu amigo está pedindo minha ajuda. Você não me ensinou que eu deveria ser a pessoa que ajuda quem precisa?

Seiichiro ouvia em silêncio sua filha tentando convencê-lo.

— Você sempre me disse isso. Que não estamos sozinhos no mundo. Que não percebemos, mas precisamos da ajuda de muita gente para viver. Disse que eu, com minha saúde frágil, dependia de muita gente. E, por isso mesmo, quando eu visse alguém necessitado, deveria ser o tipo de pessoa que oferece ajuda.

Ao final de seu discurso, Nanami não tinha mais muita certeza do que estava falando. Fazia muito tempo que seu pai não dizia aquelas palavras. Ela nem sabia por que elas lhe vieram à cabeça naquele momento.

O pai ficou parado, ouvindo, com uma expressão sombria no rosto. Ele não disse nada. Após um longo momento de silêncio, olhou para o teto, depois para os pés, depois levou a mão à testa e balançou a cabeça várias vezes.

— Nanami? — disse ele, forçando as palavras. — Fique aqui um minuto.

— Pai...

— Só não se mova. Ok? — ele falou alto ao deixar o cômodo.

Nanami permaneceu sozinha no escritório vazio. Lá fora, chovia forte. A biblioteca não ficava muito longe, mas não seria fácil caminhar até lá sozinha com aquele tempo. Além disso, seu pai agora estaria de olho nela.

"Você é nossa última esperança."

A imagem do gato falando isso enquanto se virava para ir embora tinha ficado gravada em sua mente.

Ela mordeu o lábio quando finalmente Seiichiro voltou.

A princípio, presumiu que ele a faria voltar para a cama. Em vez disso, ele estava vestindo sua jaqueta grossa e carregando o casaco verde de Nanami.

— Pra biblioteca, então — ele se obrigou a falar. Nanami notou algo brilhante na outra mão dele: a chave do carro. — Tem certeza de que está disposta? — acrescentou ele.

Nanami ficou sem palavras diante da mudança de atitude do pai.

— Você não está com pressa? Vista-se logo.

— Pai?

— Está chovendo lá fora. Leva o casaco e não se esqueça do inalador.

As lágrimas brotaram dos olhos de Nanami, distorcendo a imagem do rosto do pai.

— Que filha é essa... — disse o pai, sacudindo a cabeça, desesperançado. — Sério, que filha... — murmurava para si mesmo sem parar ao ajudar Nanami a vestir o casaco.

No carro, Seiichiro não disse nada. Mesmo tendo exigido tantas informações antes, agora o silêncio não tinha fim.

Levou menos de cinco minutos para chegar à biblioteca. Não havia outros carros na rua escura e chuvosa nem um único pedestre à vista. Ao entrarem no estacionamento deserto e pararem sob o pórtico em frente, Nanami avistou uma suave luz azulada que parecia começar do lado de fora das portas de vidro principais da entrada do prédio e penetrar profundamente na biblioteca. O corredor de luz pálido e ofuscante era mais estreito do que o que Nanami vira na livraria. Mal parecia largo o suficiente para Nanami passar.

Assim que o carro parou, Nanami se apressou para desafivelar o cinto de segurança e enfiar os braços nas mangas do casaco.

— Parece que não poderei ir com você — Seiichiro falou ao volante.

Nanami olhou para o rosto do pai. A expressão sombria não havia desaparecido, mas ela também conseguia perceber confusão, hesitação e uma série de outras emoções. Não tinha certeza se o pai conseguia ver as mesmas coisas que ela, mas seus olhos estavam fixos na entrada da biblioteca enquanto abria a boca e falava com cuidado e moderação:

— Pais geralmente não trazem a filha para a biblioteca no meio da noite, muito menos com um sorrisão e um "até mais".

Nanami não respondeu.

Seu pai olhou fixamente para as gotas de chuva no para-brisa como se estivesse procurando por algo; então, enfim, pareceu encontrá-lo.

— Não estamos sozinhos no mundo — ele sussurrou. As mesmas palavras que Nanami falara no escritório. — É o que sua mãe sempre dizia.

— A mamãe?

— Havia muito tempo eu não ouvia essa frase. Não sei por que você de repente falou isso, mas era como se fosse sua mãe falando comigo. Como se ela estivesse me dizendo para ouvir você.

Nanami mal ousava respirar enquanto o pai falava:

— Sua mãe sofria com problemas de saúde, mas sempre foi tão alegre. Ela dizia que não estávamos sozinhos. Que vivemos nossas vidas apoiando os outros e recebendo apoio em troca. Que, se você estiver passando por um momento difícil, deve estender a mão e pedir ajuda. E qualquer gentileza que lhe seja demonstrada por outros, sempre pode ser retribuída.

Nanami nunca tinha ouvido o pai falar daquele jeito. Ele não gostava de mencionar a mãe dela, que havia falecido tão jovem.

— Hoje em dia, não se ouve mais as pessoas falarem coisas assim. Elas estão sempre ocupadas com os próprios problemas, acreditando que são a coisa mais importante no mundo. Detesto admitir, mas acho que sou como elas. Você me dá algo de valioso todos os dias, e eu tinha perdido isso completamente de vista.

A chuva não conseguia atingir o carro, pois ele estava parado sob o grande beiral em frente à biblioteca; ainda assim, ela caía em cascata pela corrente pendurada no canto do teto.

— O mundo está em constante mudança, mas há algumas coisas que nunca devem mudar. E muitas delas estão escritas em livros. É por isso que sua mãe e eu costumávamos dizer que queríamos que você lesse livros do mundo todo.

— Livros do mundo todo...

— E por isso lhe demos o nome "Nanami" que significa "Sete mares". Para simbolizar o mundo todo.

Nanami não conseguia falar. Ela não esperava ouvir uma história tão preciosa em um momento como aquele.

Gotas de chuva batiam nas folhas dos arbustos que ladeavam a estrada, e eles balançavam como se estivessem dançando uma valsa suave.

— Sua mãe não hesitaria em trazê-la aqui esta noite — acrescentou Seiichiro com um sorriso amargo. Ele se virou para olhar a filha. — Explique tudo quando voltar, ok?

Ela assentiu.

— Pegou seu lenço?

Nanami ficou um pouco confusa com a estranha expressão de preocupação, mas assentiu novamente.

— E o inalador?

Com essa, Nanami não pôde deixar de sorrir.

— Parece que estou indo numa excursão da escola.

— Seria bem mais fácil se fosse uma excursão... — Seiichiro suspirou com as mãos ainda agarradas ao volante. — Melhor você ir logo. — A voz dele estremeceu. — E, por favor, volte o quanto antes. Estarei aqui esperando.

Nanami assentiu pela última vez e saiu do carro. Virou-se e viu o pai sair do banco do motorista para ficar parado ao lado do veículo.

Ela juntou as mãos em um gesto de agradecimento.

— Fui, então! — falou na voz mais alta de que foi capaz.

Ela não esperou por uma resposta antes de se virar e correr para o corredor de luz.

Como Nanami observara, o corredor de luz se estendia além das portas de vidro da entrada. Então, aconteceu exatamente como previra: passava pela recepção no térreo, subia a escada para o primeiro andar e levava direto às estantes de Literatura Francesa nos fundos. Lá, encontrou o mesmo corredor forrado de estantes que ela e o gato haviam percorrido uma semana antes.

Nanami não diminuiu o passo nem por um instante, avançando em direção à luz. Estranhamente, embora corresse com todas as forças, não se sentia nem um pouco asmática. A passagem foi envolta por uma luz ofuscante e, no momento em que Nanami pensou ter chegado ao fim, deparou-se com um muro enorme. Era a trincheira de um castelo.

Esta era muito diferente das muralhas do castelo que já vira. Estendia-se para a esquerda e para a direita, aparentemente sem fim. Do outro lado, muitas torres imponentes, de variadas envergaduras, davam a impressão menos de um castelo e mais de uma fortaleza gigantesca. Bandeiras cinzentas preenchiam todo o espaço acima das ameias, dispostas tão densamente que mal passava um raio de luz entre elas. Abaixo, uma fileira sinistra de canhões escuros.

Mas não foi a imponência do castelo que tirou o fôlego de Nanami. Foram a fumaça e as labaredas.

O castelo estava pegando fogo.

Uma densa fumaça preta subia pelo ar e a vastidão do céu se tingia de um sinistro preto avermelhado. Rajadas de vento abafadas carregavam consigo o cheiro de queimado.

Nanami ficou parada ali por um tempo, sem falar, antes de voltar a atenção para o portão do castelo. Lá, na ponte levadiça, iluminado pelo brilho vermelho-fogo, estava Tigre, o gato malhado.

O gato não falou nada. Em vez disso, virou-se e caminhou à frente, atravessando o portão.

Nanami cruzou a ponte levadiça e entrou no castelo, encontrando-se em um labirinto de caminhos de lajes ladeados por muros, todos ramificando-se em ângulos diferentes. Sem hesitar, o gato avançou para dentro do labirinto.

De tempos em tempos, o cheiro de fumaça era carregado pelo vento quente, e ouvia-se o estrondo alto de algo explodindo. O barulho parecia se aproximar e depois recuar. Colunas de soldados passavam correndo. Todos completamente inexpressivos: impossível dizer se estavam em pânico ou perfeitamente à vontade.

As muralhas do castelo eram tão altas que Nanami e o gato não conseguiam ver as chamas que os cercavam, mas era óbvio para os dois que, só porque não viam o fogo, não significava que estivessem fora de perigo. A estreita faixa de céu vermelho que podiam ver acima das muralhas escurecia a cada minuto.

— O que está acontecendo? — quis saber Nanami.

— O Homem Cinzento iniciou um incêndio — respondeu o gato. — Ele quer queimar o castelo inteirinho. — Era difícil de acreditar. Sem se voltar para olhar Nanami, o gato prosseguiu: — Ele queria acabar com os livros do mundo, pouco a pouco. Lentamente, roubaria os livros, para que ninguém notasse. Era o método mais sensato, e seria bem-sucedido. Porém, as circunstâncias se alteraram. Você apareceu.

O gato subiu um pequeno lance de degraus de pedra e escolheu a rota central entre três caminhos ramificados. Oriundo de algum lugar distante, um vento escaldante passou por eles.

— Muitas pessoas visitaram este castelo ao longo dos anos. E a maioria foi conquistada pelo Homem Cinzento e escolheu "viver com mais liberdade e ser fiel a si mesma", como ele gosta de colocar.

— Ou seja, esqueceram os livros?

— Isso mesmo. E muitas dessas pessoas que esqueceram os livros voltaram para o mundo real e foram muito bem-sucedidas. As pessoas que abandonaram os livros perderam o poder da imaginação; usaram agressão implacável para enganar, explorar e roubar os outros, levantando a bandeira do "livre-arbítrio" acima de seus cadáveres. Tudo de acordo com o plano do Homem Cinzento. Mas você foi diferente.

Eles fizeram uma curva na trilha e Nanami foi atingida no rosto por um calor escaldante. Haviam chegado ao pátio em frente à torre de menagem. O altar no centro, que em sua última visita havia sido soterrado por fuligem e cinzas, estava novamente em chamas. E desta vez era uma fogueira que parecia incorporar um tipo sinistro de poder. Estava cercada por soldados de rostos pálidos, alguns trazendo baldes de água, outros parados em silêncio, olhando para as chamas.

Tomando cuidado para evitar as faíscas espalhadas pelo fogo, o gato se aproximou da escadaria principal da torre.

— O que eu fiz de diferente? — perguntou Nanami. — Tudo que fiz foi não dar ouvidos ao que aquele cara estava falando.

— Seu comportamento foi muito diferente do que ele esperava. Mesmo com armas apontadas para você, não desistiu dos livros. Pelo contrário, agarrou um e fugiu.

— Não fiz nada de especial.

— E na sua segunda visita ao castelo, não apenas resistiu completamente ao poder das palavras dele, como também as refutou. O impacto sobre ele foi sem precedentes. O sistema de crenças dele foi abalado. Neste labirinto, o menor vacilo nas convicções abalaria os alicerces da existência do Homem Cinzento. Por isso ele ficou tão estremecido. — O gato chegou ao pé da escadaria de pedra e se virou para olhar Nanami. — E, no entanto, você se preocupou com o sofrimento dele.

Ele virou a cabeça para olhar para o topo dos degraus, e, lentamente, pôs-se a subir, um de cada vez.

As enormes paredes cor de giz estavam esfumaçadas. O brilho vermelho das labaredas refletiam-se na brancura.

— De acordo com os princípios daquele homem, você devia ter tirado vantagem do momento de fraqueza dele; contudo, fez o exato oposto. E o choque parece ter alterado toda a forma de pensar dele. Precisamos nos apressar.

Eles chegaram ao topo da escadaria e se viraram lentamente para olhar ao redor. A cena era aterrorizante. Diante deles, a vasta extensão do castelo, envolta em chamas e fumaça. Nanami não conseguia mais distinguir o portão principal por onde haviam entrado.

Dali, podia ver que o castelo havia se tornado um enorme labirinto de torres e pináculos. Fumaça e línguas de fogo subiam de vários pontos. Bandeiras e estandartes em brasa tremulavam e dançavam no céu, agitados pelas correntes de ar escaldante que sopravam, trazendo consigo faíscas brilhantes e o cheiro acre de fuligem.

— Os livros que foram removidos da torre de menagem ainda estão por aqui, espalhados nos confins do castelo. O Homem Cinzento costumava dizer que, se ficassem presos, perderiam o poder, mas parece que ele decidiu não perder tempo. E tomou a decisão de queimar o castelo inteiro.

— Quero falar com ele.

— Você precisa falar com ele.

O tapete vermelho estendia-se para o interior da torre de menagem à frente. Apresentava marcas de queimadura em alguns pontos, provavelmente devido às fagulhas que vinham de fora. O corredor estava coberto de maços de papel branco, que, após uma inspeção mais detalhada, revelaram ser os "neolivros" do Primeiro-Ministro. Pareciam ter sido largados durante o transporte. Se o fogo chegasse ali, se espalharia imediatamente por toda a torre.

A dupla seguiu o tapete vermelho até o Grande Salão do General. A sala deserta estava ainda mais desolada do que na visita anterior. O tapete estava rasgado, teias de aranha pendiam dos lustres e os livros expostos sobre as mesas de mármore estavam cobertos por uma espessa camada de poeira. Era como se décadas tivessem se passado desde a última vez. Talvez o esquecimento das pessoas tivesse o efeito de acelerar a deterioração mais do que a simples passagem do tempo.

Nada disso desacelerou Nanami ou o gato. Eles correram pelo Grande Salão e entraram no

Gabinete do Primeiro-Ministro; mas também não se via ninguém por lá. A máquina de encadernação, que estivera em operação tão vigorosa, era um esqueleto. Pistões rachados, engrenagens soltas e a enorme prensa tombava para um lado. Pacotes sujos de papel estavam presos entre as peças, e aos pés da máquina jaziam restos dos neolivros, agora nada mais que tiras de papel. A imagem do ministro sorridente sentado em seu sofá no meio de uma fábrica movimentada agora parecia um sonho.

Ainda assim, Nanami não hesitou. Ela tinha um palpite.

Correndo até o final do carpete manchado de graxa, descobriu que o sofá preto onde o Primeiro-Ministro havia se sentado sumira; uma porta novinha em folha havia aparecido na parede atrás. Estava guardada por um único soldado.

— Quem vem lá? — o guarda exigiu saber. — Atrás desta porta ficam os Aposentos de Sua Majestade o Rei.

Nanami respondeu com toda a força que conseguiu reunir:

— Viemos falar com o Rei.

O soldado cinza bateu os calcanhares e fez uma saudação.

— Visitantes para Sua Majestade o Rei! — anunciou ele. Desta vez, não houve um coro de vozes ecoando suas palavras; apenas a voz do guarda permaneceu nas sombras quando ele deu um passo ao lado.

As portas duplas começaram a se abrir.

Do outro lado, um cômodo enorme. O tapete vermelho que vinham seguindo tornou-se muito mais largo e se estendia até o fundo da sala. De cada lado do tapete, pilares robustos de mármore branco, espaçados em intervalos regulares, que sustentavam um teto alto e abobadado. Preso a cada pilar, mais ou menos na altura de um adulto, havia uma arandela, cujas luzes de velas tornavam o carmesim do tapete ainda mais impressionante em contraste com a brancura. Diametralmente, a sala era mal iluminada e era difícil distinguir seu tamanho total, mas, ao perscrutar a penumbra, Nanami percebeu que os cantos da sala estavam cobertos de pilhas de neolivros descartados. O efeito geral era sinistro, como um calçadão manchado de sangue cortando uma praia de areia branca.

— Bem-vindos aos Aposentos do Rei — uma voz gélida os saudou.

Na extremidade oposta do espaço, sobre um estrado elevado, vários degraus acima do nível do chão, havia uma cadeira branca de formato peculiar, provavelmente o trono do Rei. O encosto tinha muitos metros de altura, mas era estranhamente simples – mármore branco, sem cor ou adornos. Nele, estava sentado um homem de terno cinza.

Imperturbável, Nanami marchou direto em sua direção.

O homem no trono era alto e de ombros largos. Não era o General nem o Primeiro-Ministro. À primeira vista, seu físico forte o fazia parecer jovem, mas as rugas ao redor dos olhos e das bochechas eram um testemunho da idade. Sua postura lhe dava um ar distinto. Tais mudanças superficiais na aparência eram de pouca importância; Nanami entendia isso agora. O que importava – a única certeza – era que, por ter aberto cada uma das portas, ela finalmente chegara àquele ponto. Não hesitaria agora, e caminhou até o trono.

— Bem-vinda de volta, Nanami.

Com um sorriso lânguido, o Rei Cinzento dirigiu-se a ela. Sentava-se ali, sereno e quieto, e ainda assim havia um ar de decadência nele. O terno imaculado tinha marcas de queimadura e estava até rasgado em alguns pontos. Os sapatos ficaram pretos de fuligem, e o quepe de caçador jazia jogado a seus pés. Não havia um único guarda ao seu lado. O trono estava cercado por pilhas desordenadas de neolivros, e os candelabros enviavam ondas bruxuleantes de luz.

— Sabia que viria — continuou o Rei. — Mesmo todo aquele fogo e fumaça não a espantariam.

Ele apoiou os cotovelos nos braços do trono, e seus ombros tremeram de tanto rir. Mas Nanami percebeu um profundo cansaço em sua expressão cinzenta.

— Bem, eu não poderia permitir que queimasse tudo — disse Nanami.

— Livros são tão importantes assim?

— Sim, livros são importantes. Mas não são só os livros. Você e todos os soldados precisam sair daqui. Estão em perigo.

O Rei franziu o cenho diante do pronunciamento de Nanami.

— Sempre falando coisas assim! Você realmente é a criatura mais irritante e desconcertante — disse ele, com uma expressão de incômodo. Ele estendeu a mão e afrouxou a gravata. — Nunca tive a menor dúvida até você aparecer. Sempre fiz tudo o que estava ao meu alcance para ajudar as pessoas. Aliás, aqueles que seguiram meus conselhos acabaram tendo muito sucesso.

Com um toque de irritação, o Rei arrancou a gravata e a jogou de lado.

— Nunca mandei em ninguém. Vocês, humanos, não tinham o desejo de viver com mais liberdade? Sempre preocupados com a própria gratificação. Vocês é quem pediram por isso. A única coisa que fiz foi ajudar a realizar o desejo. — A voz do Rei se tornou um lamento: — E agora você vem me dizer que está preocupada comigo?

— Não posso comentar sobre suas experiências, mas nem todo mundo é assim. Conheço muitas pessoas que não têm nada a ver com o que você descreveu.

— Bem, embora isso seja muito bonitinho — replicou o rei —, trata-se de uma fantasia ingênua. Se continuar assim, você será a pessoa pisoteada. — Ele lançou-lhe um olhar de pena antes de continuar: — Perseguir os próprios desejos, acumular riquezas, buscar prazeres mais intensos: é assim que nossa era atual define a liberdade. Mas nem sempre foi isso. Houve um tempo em que controlar seus desejos, libertar-se dos desejos, era a definição de verdadeira liberdade. Agora, isso não passa de uma lembrança. Esses dias ficaram no passado e não há mais volta. Meu poder está forte demais, não há como recuar.

A voz do Rei reverberava por todo o amplo espaço e se dissipava na escuridão.

— Pessoas vulneráveis como você, Nanami, têm dificuldade para acreditar. Normal. Uma hora você vai entender. O sistema originalmente criado pelo desejo humano escapou das garras dos humanos e está desenfreado. O sistema em si se tornou o desejo e devora a humanidade.

As palavras do homem eram difíceis de acompanhar. Nanami já não estava entendendo mais nada.

— Ei, Vossa Majestade? — O gato enfim se juntava à conversa. — Por que está tão desesperado?

— Desesperado? Eu? — O Rei abaixou lentamente os olhos para o gato aos pés de Nanami.

— Entendo. Pode ser que tenha razão. Como aquele que foi criado, que andou ao lado dos humanos, já observei tanto, tanto. Testemunhei a transformação dos homens com meus próprios olhos.

— Mesmo se for o caso, não aceito o que está dizendo — intercedeu Nanami. — Tenho uma perspectiva totalmente diferente da sua.

O Rei deu uma risada zombeteira.

— Então por que não me mostra essa sua perspectiva? — pediu ele, olhando despreocupadamente para o teto. — Muito em breve, todo este lugar será engolido pelas chamas. O que devemos fazer? Não seria sensato abandonar os livros e fugir o mais rápido possível? Ou talvez planeje juntar todos os livros que puder carregar sozinha e depois correr? Suponho que possa salvar alguns deles, embora a maioria já tenha sido consumida por este fogo infernal. O que você vai fazer, garota corajosa?

— Há uma solução. — Quando a voz de Nanami interrompeu a do Rei, ele voltou a franzir o cenho como sempre. — Há uma solução — repetiu ela. — Não consigo fazer muita coisa sozinha, mas e se nós todos trabalharmos juntos?

— Nós todos? — O Rei olhou para Nanami como se ela estivesse falando em uma língua desconhecida.

— Você e eu e todos esses soldados. Podemos unir nossas forças para tirar os livros deste castelo. Desta forma, você, eu, todo mundo, seremos resgatados, e os livros também.

O Rei ficou atordoado. Inclinou-se para a frente, boquiaberto.

Nanami nunca vira ninguém tão chocado em toda a sua vida. Não era só o Rei. O gato também a encarava, com os olhos arregalados.

— Qu-quê...? — O Rei não conseguia formar uma única palavra coerente. Seus olhos percorriam a sala de modo alucinado. — Do que está falando?

— Eu não consigo fazer tudo sozinha. Mas não vou deixar você nem os livros para trás. Estou explicando que a solução é unir nossas forças.

Depois de encarar Nanami por um tempo, com a boca ainda aberta, o Rei enfim se recostou em seu trono. Então, seus ombros começaram a tremer, levemente a princípio, depois com mais e mais força, até que olhou para o teto e uma gargalhada explodiu. Por um tempo, ele se contorceu, com a mão agarrada à barriga como se tentasse se recompor. Sua risada ecoou como um coro de vozes.

— Nanami, você é uma coisa de louco — ele foi capaz de pronunciar, ainda tentando desesperadamente controlar a gargalhada. Mas não deu conta, e os ombros continuaram a sacudir. — Eu me recordo agora. Havia pessoas como você... antigamente.

— Antigamente?

— Naquela época, eu não passava de uma espécie de ferramenta. Apenas uma maneira de conectar as pessoas. Em algum momento, tudo mudou. Os meios se tornaram os fins, a confiança desapareceu e só o desejo crescia. Tanto tempo se passou desde então... — Os olhos do Rei se perderam na distância. — Se ao menos você tivesse chegado antes ou... Deixa pra lá... — A voz dele sumiu.

Naquele momento, atrás do trono do Rei, algo se agitou. Nanami deu um pulo e se preparou. Era aquela presença obscura e sufocante.

— Ele está aqui — anunciou o gato sem necessidade.

Dentro do Rei, havia agora uma presença gigantesca. Estivera lá o tempo todo – no Grande Salão do General e também no Gabinete do Primeiro-Ministro. E agora o homem diante deles nos Aposentos do Rei assumira a mesma forma e lentamente erguia a cabeça.

— De fato faz muito tempo — disse o ser. A voz não possuía sentimento algum.

O "homem" sentado no trono virou o rosto para Nanami. Seus olhos eram contas de vidro sem vida. A menina sentiu mais uma vez a sensação de uma mão congelada acariciando suas costas.

— Você é realmente uma garota corajosa, Nanami — disse o Rei Cinzento, levantando-se, hesitante, do trono.

Esse movimento por si só trouxe consigo uma pressão esmagadora que parecia uma força sufocante ao redor da garganta de Nanami.

— Me fala... — Nanami falou num sussurro. — Quem é você?

— Por respeito a você, ofereço uma terceira pista.

Resmungando alegremente para si mesmo, o Rei caminhou até um dos candelabros colocados em cada lado do trono. As velas suavemente bruxuleantes chegavam até a altura do peito.

— Em qualquer mundo, sou o único que não obedece às leis da natureza.

Nanami observava quando ele pegou um candelabro e se virou para encará-la.

— Eu sou aquele que prolifera.

A chama quente da vela lambeu sua bochecha cinzenta, mas a voz era arrepiante.

Então, de repente, uma risada escapou de seus lábios.

— E se todo mundo saísse correndo com os livros? Eu nunca considerei essa ideia. Antigamente, seria possível, mas já se passou muito tempo.

Ele andou com lentidão de volta para o trono, candelabro em mãos.

— Quer fazer uma aposta, Nanami? — A pergunta surgiu do nada.

Percebendo o perigo nas palavras, o gato entrou na frente da menina.

— Cuidado, Nanami.

— Eu sei.

O Rei se divertiu ao observar a conversa dos dois.

— Você realmente tem um espírito forte, mas nunca vai me superar. Afinal, é você e sua laia quem me conduz.

— O que você vai fazer?

Houve grande tensão na sala quando o Rei passou pelo trono e pegou o candelabro do outro lado.

Com as chamas dos dois candelabros erguidas, ele se virou para encarar Nanami e o gato.

— Vou me tornar mais poderoso. E assim o mundo se tornará ainda mais próspero. Mas é uma prosperidade superficial. O que eu vejo é uma paisagem desolada, na qual um punhado de vitoriosos reinarão sobre incontáveis cadáveres. Um mundo onde as pessoas se ferem, no qual o poder dos livros foi completamente extinto.

— Isso nunca vai acontecer.

Nanami não tinha a menor dúvida. Recusava-se a admitir a menor possibilidade de isso acontecer.

O Rei pareceu satisfeito com a resposta dela.

— Você acredita mesmo que os livros possuam um poder imenso, não?

Nanami assentiu enfaticamente. Nada poderia abalar sua determinação. Ela não tinha motivo para ter medo. Embora suas experiências pudessem ser muito mais limitadas do que todas as que o Homem Cinzento testemunhara, ela vivia no mundo. E, naquele mundo, as pessoas não existiam sozinhas.

— Resposta excelente — disse o Rei, sorrindo.

Era uma expressão aterrorizante, como se a presença sombria e ameaçadora que espreitava ali dentro finalmente tivesse mostrado sua verdadeira face. Nanami perdeu o fôlego e a voz do Rei, cheia de diversão, pareceu persegui-la.

— Agora veja se consegue sair daqui viva.

Ao dizer isso, soltou os dois candelabros. Eles caíram com um baque nos neolivros espalhados pelo chão. As chamas chisparam e, imediatamente, o fogo começou a dançar sobre as pilhas de livros descartados. Em segundos, toda a área começou a arder como se um holofote brilhante tivesse sido apontado para os pés do Rei.

Nanami encarou o Rei, atônita, enquanto uma risada selvagem ecoava em seus ouvidos.

— Por quê? — gritou ela.

— Vá em frente. Comprove o poder dos livros agora! — gritou ele, ainda sorrindo, mesmo enquanto as labaredas começavam a devorar seu terno cinza. — Acho que já mencionei que este mundo gira em torno da sobrevivência do mais apto. Os fracos devem ceder ao fogo dos fortes. Se você acha que pode superar isso, então, por favor, fique à vontade, mostre-me essa sua força. Esta é a minha aposta. — Em meio ao incêndio, o Rei abriu os braços. — Sobreviva! E boa sorte.

Com uma última gargalhada estrondosa, ele fez uma reverência elegante, e imediatamente sua figura alta foi engolida pelas chamas. Não foi apenas o estrado do Rei que queimou – as línguas de fogo logo se espalharam por toda a câmara. Os neolivros foram rapidamente engolidos por víboras alaranjadas rastejantes.

O gato gritou algo. Nanami, paralisada de horror, não conseguia entender as palavras. O fogo continuava a arder, agora entrelaçando os pilares de mármore branco em suas garras.

— Nanami!

Desta vez, Nanami ouviu a voz do gato, mas ainda não conseguia se mexer. Seus olhos estavam fixos, incrédulos, na cena à sua frente.

— Temos que correr! O Rei absorveu muitas emoções humanas negativas. Não há retorno do lugar para onde ele foi.

— Mas...

— Não temos tempo para pensar a respeito!

Nanami se virou e estremeceu com o que viu.

O fogo já quase alcançava a entrada dos Aposentos do Rei. O caminho criado pelo tapete vermelho quase tinha sido totalmente engolido por um mar de chamas. Ela olhou para o estrado e não conseguiu mais distinguir nem a figura do Rei, nem seu trono de mármore.

— Corra!

O berro do gato colocou Nanami em ação e ela saiu em disparada.

Mas, ao sair correndo pela porta, ela parou de repente. Para seu horror, o Gabinete do Primeiro-Ministro já estava em chamas.

Centelhas perdidas devem ter inflamado o óleo da máquina, e o fogo se espalhava com uma velocidade alarmante. As labaredas rugiam entre as engrenagens. Ouvia-se um rangido estranho enquanto a complexa máquina, incapaz de suportar o calor, gemia em agonia.

— Rápido, Nanami! — A voz rouca do gato foi abafada pelos barulhos desconcertantes.

À direita, a enorme máquina de encadernação, agora envolta em chamas, emitiu um rangido alto. Ao mesmo tempo, outra torre de aço, já inclinada em um ângulo precário, começou a balançar.

Não havia tempo para parar e pensar.

O gato investiu contra Nanami e a empurrou para o lado enquanto a gigantesca máquina caía com um estrondo poderoso. O chão tremeu violentamente e formou-se uma nuvem de poeira tão espessa que Nanami não conseguia abrir os olhos. Em seguida, sentiram um calor escaldante.

Nanami foi jogada ao chão e, por um tempo, não conseguiu se mover. Em meio à fumaça espessa, segurou o ombro esquerdo, que havia batido no chão. Tossia desesperadamente, mas de alguma forma conseguiu se levantar com só uma das mãos. De imediato, bateu a cabeça em alguma coisa e olhou para as vigas de aço alguns centímetros acima. Ela ofegou – se estivesse de pé, não havia dúvida de que teria sofrido um impacto direto.

Após confirmar que ainda conseguia mover o corpo, olhou ao redor para os danos, com a mente ainda em caos. A primeira coisa que viu foi a figura inerte de um gato malhado enfiado num espaço estreito entre uma viga de aço e uma engrenagem.

Freneticamente, Nanami tentou se aproximar; não era uma tarefa fácil. Espremendo-se pelas brechas na máquina quebrada, conseguiu se arrastar um pouco. O ferro e o aço começavam a esquentar nas chamas, mas ela não sentia calor ou dor.

— Ei, qual é...? Acorda!

Enfim, conseguiu pegar o gato, que jazia mole em seus braços. Devia ter sido atingido por um pedaço de metal em chamas, pois havia uma marca vermelha de queimadura na lateral do corpinho.

— Acorda. Por favor! — Nanami gritou.

— Fica calma — o gato respondeu com fraqueza, de olhos ainda fechados.

— Você tá vivo?

— Parece que sim. Por enquanto... — Era para ser uma resposta engraçadinha, mas Nanami não estava a fim de rir. O gato prosseguiu, com a voz trêmula: — Não sei o que vai acontecer com você se continuar aqui. Precisa dar o fora, e rápido.

— Nunca vou deixar você para trás.

— Vai ser difícil correr com um gato no colo.

O gato abriu um olho e examinou o entorno.

Tudo o que conseguia ver eram incontáveis peças de maquinário. Não havia lugar nem para ficar de pé, e havia pouquíssimos espaços desobstruídos entre as pilhas emaranhadas de rodas dentadas, engrenagens e vigas. O equipamento ainda queimava em algumas partes; o ar estava tomado por uma espessa fumaça preta.

— Rápido, vai embora! — o gato insistiu.

— Não vou sem você.

— Fico feliz, mas se estas palavras vêm do desespero, não me interessam.

— Mas olha pra você!

— Eu dou conta — o gato falou com um sorriso fraco.

Era a mesma frase que a própria Nanami sempre usava. Ela tentou forçar um sorriso em resposta, mas não conseguiu.

— Como você pode dizer isso se não faz ideia nenhuma do que vai fazer?

— Você não sabe disso — o gato anunciou sem convicção. — A esperança dá sinal de vida, não por haver qualquer motivo capaz de sustentá-la.

Nanami arregalou os olhos.

— Bem, não é essa a natureza da esperança? — o gato falou com um minúsculo sorriso. E então desmaiou de novo, seu corpo ficando inerte.

Nanami decidiu poupar suas forças e, em vez de tentar reanimar o gato, desta vez verificou se ele ainda respirava e abraçou o amigo felino junto ao peito. Depois de olhar desesperadamente ao redor em busca de alguém que pudesse ajudar – claro que não havia ninguém –, percebeu que nem sabia em que direção ficava a saída. Tudo o que conseguia ver era metal, fumaça e chamas.

Sua cabeça estava ficando mais quente por causa do fogo e seus olhos ardiam com a fumaça. Quando tentou limpá-los, as costas da mão ficaram manchadas com algo preto. Concluiu que seu rosto devia estar coberto de fuligem.

Agarrando-se ao gato do jeito que dava, começou a rastejar sob a estrutura de aço da máquina quebrada, mas logo percebeu que o caminho estava bloqueado. Se fosse adiante, acabaria bem no meio do fogo.

— A esperança dá sinal de vida. — Nanami murmurou as palavras para si mesma, agarrando-se aos últimos resquícios de esperança em seu coração, abraçada ao gato enquanto procurava uma saída. — A esperança dá sinal de vida — ela repetiu, com a voz ficando rouca, enquanto procurava desesperadamente por qualquer caminho a seguir.

Cada vez que caía num beco sem saída, ela se virava em busca de outra saída. E cada vez que era forçada a mudar de direção, a esperança que começara a brilhar em seu coração se desvanecia novamente. Um desespero pesado e arrepiante começou a se apoderar dela.

— A esperança dá sinal de vida...

A menina se perguntou há quanto tempo estaria ali aquela criatura de cores brilhantes que esvoaçava no canto de sua visão. Era uma linda borboleta, em gloriosos tons de vermelho, azul e amarelo. Em meio ao calor e à fumaça densa, aquela joia com as cores do arco-íris dançava no ar.

Nanami não questionou por que ela estava ali, nem pensou que fosse uma alucinação. Olhar para ela de alguma forma a acalmou e, apesar do desânimo no coração, conseguiu continuar.

Perseguindo a borboleta, ela rastejou sob a estrutura de aço, espremeu o corpo entre as vigas quebradas e, desviando das chamas, procurou por uma saída. Ela não parou por um momento sequer, mesmo depois que a borboleta colorida desapareceu de vista.

De repente, de algum lugar e de lugar nenhum, ouviu-se um estrondo profundo. O castelo começara a ruir. Lutando contra o medo de que as saídas pudessem estar bloqueadas, Nanami continuou se movendo, mas não encontrou espaço para passar entre todas as engrenagens e rodas dentadas empilhadas no chão.

Não tem saída...

Nanami mordeu o lábio e abraçou o gato mais perto do peito. Enquanto lutava para controlar as lágrimas que ameaçavam transbordar, uma pequena sombra surgiu correndo em sua direção. Manobrando habilmente entre ferro, aço e fogo, correu direto para Nanami e parou na frente dela. Dessa vez, não era uma borboleta: era um ratinho.

Nanami se engasgou, não porque se assustou com o rato, mas porque o reconheceu: um camundongo com pelo esverdeado e rosto sonolento.

O ratinho encarou a garota como se esperasse que ela o chamasse. Uma sensação de calor começou a se espalhar pelo peito da garota.

— Vo-você é...

O rato sorriu.

— Você não é aquele ratinho poeta?

O camundongo se levantou. Com timidez, levou a mão ao peito e curvou-se educadamente – um gesto que Nanami já vira muitas vezes. Então, com a mão esquerda ainda apoiada no peito, o rato acenou com a cabeça para a direita.

— Por ali?

O rato assentiu novamente.

— A saída é por ali?

Antes mesmo de Nanami terminar sua pergunta, o rato saiu correndo, passando por entre peças de máquinas, e rapidamente desapareceu de vista. Nanami correu atrás dele, ainda segurando o gato.

Por esse trajeto, não parecia haver fogo, e Nanami encontrou uma brecha para rastejar. Abrindo caminho entre os escombros e agarrando-se a uma esperança que também poderia ruir a qualquer momento, ela conseguiu continuar. Então, para sua surpresa, encontrou-se em uma abertura alta o suficiente para ficar em pé.

Ela havia escapado do labirinto de aço. Ao redor, uma cena de devastação com pilares tombados e mármore branco reduzido a escombros; pelo menos o fogo ainda não havia chegado ali. Por um momento, não reconheceu o que a cercava, mas então viu um lustre quebrado a seus pés.

— É o Grande Salão do General.

Como em resposta, pontos de luz surgiram, parecendo marcar o caminho através dos escombros à frente. Semelhantes a faróis guiando um navio, todos os livros na sala começaram a brilhar suavemente. Sobre uma das mesas de mármore tombadas, Nanami viu *Vinte mil léguas submarinas*. *A ilha do tesouro* estava parcialmente soterrado por tijolos. Um pouco mais adiante, *Moby Dick*, com sua capa quase rasgada em pedaços.

Ela se levantou e seguiu o rastro de luzes. No final do percurso, conseguiu distinguir a grande porta, parcialmente destruída. Parecia haver espaço suficiente para uma garotinha carregando um gato passar.

Ajeitando o gato, Nanami abriu caminho entre os escombros, desviando de cacos de lustres e chutando tijolos. Quando estava prestes a passar pelos restos da porta, ela parou e se virou para o Grande Salão do General e os livros brilhantes que iluminavam sua rota.

— Obrigada — ela sussurrou ao se espremer pela porta.

Do outro lado, a relativa segurança do amplo corredor acarpetado de vermelho, mas não havia tempo a perder. Soldados de rosto pálido se reuniam na entrada da torre de menagem, chegando não apenas pela escadaria principal, mas também surgindo por trás de pilares e pequenas escadas nos corredores adjacentes. Mesmo com o fogo já ameaçando engolir as muralhas externas do castelo e o pátio, eles não davam atenção a isso e continuavam a se movimentar pelo interior da torre.

Quando um deles avistou Nanami em pé entre os escombros, deu um grito de alarme e ergueu o mosquete. Assim que a menina saltou para trás de uma das pilhas, ouviu uma forte rajada de tiros, uma saraivada ricocheteando nos tijolos e lançando pedaços de pedra em todas as direções.

— Eles estão se escondendo.

— A ordem do Rei é capturá-los.

Vozes vazias, desprovidas de emoção, ecoavam pelas paredes e pelo teto alto, parecendo vir de todas os lados em direção a Nanami.

Ela não conseguia se mexer. Tudo o que podia fazer era se abaixar atrás dos montes de escombros e apertar o gato contra o peito. Eram muitos, e todos tinham armas. Não adiantava sair correndo do esconderijo.

— A esperança dá sinal de vida, a esperança dá sinal de vida... — Nanami repetia as palavras como se fosse uma oração.

Ela ouviu os passos dos soldados se aproximando, o ritmo ordenado lembrando a máquina de encadernação que havia produzido os neolivros. Eles marchavam, cada vez mais perto.

— A esperança dá sinal de vida...

Buscando algum tipo de salvação, Nanami olhou para o teto. Sua voz congelou no meio do cântico quando um rosto cinzento surgiu na periferia de sua visão.

— Achei! — A voz do soldado cinzento ecoou nos ouvidos dela.

Com precisão mecânica, ele mirou o mosquete em Nanami. Seria imaginação dela ou o movimento fora anormalmente lento? Ela fechou os olhos com força, ainda agarrada ao gato.

Um som agudo rasgou o ar. Não apenas um único tiro, mas vários ecoando um após o outro, seguidos, um momento depois, por um baque pesado.

Nanami abriu um olho e ficou impressionada com o que viu. Deitado no chão à sua frente estava o soldado de rosto cinzento. E, em seu lugar, um homem alto brandindo uma espada longa. Enquanto ela o observava com espanto, o homem guardou a espada na bainha em sua cintura, ajoelhou-se graciosamente e lançou-lhe um sorriso radiante.

— Está tudo bem, minha querida?

Enquanto ele falava, outros homens vieram correndo e formaram um círculo protetor ao redor de Nanami. Não eram soldados cinzentos. Esses homens vestiam um tom vibrante de azul, com uma espada ao lado e um mosquete na mão direita. No peito de cada uniforme de tom azul vívido, havia uma cruz branca lindamente bordada.

A menina reconheceu imediatamente o desenho. Devia ser impossível, mas tinha certeza de que conhecia aquele emblema.

— Mosqueteiros! — ela falou alto, e o homem sorriu e fez um meneio de cabeça.

Embora armado com uma espada e um mosquete, não havia nada grosseiro ou brutal naquele homem; seus movimentos eram refinados, e seu sorriso, elegante.

— Chegamos bem a tempo. Isso é o que importa.

Enquanto falava, seu olhar atento foi atraído por um movimento na entrada da torre de menagem. Além do fim do tapete vermelho, um novo grupo de soldados cinzentos havia aparecido.

— Porthos! — chamou ele.

Um homem enorme respondeu logo atrás:

— Entendido. Mosqueteiros, a postos!

Ao comando retumbante do gigante, os mosqueteiros rapidamente formaram duas fileiras e ergueram as armas. Porthos ergueu um braço robusto e, ao abaixá-lo, uma dúzia de mosquetes disparou em uníssono, abatendo o bando de soldados cinzentos que acabava de chegar.

— Não está ferida, né, Nanami? — o Mosqueteiro alto perguntou, sem se perturbar com a escaramuça atrás dele. — Perdoe a demora, mas parece que chegamos na hora exata.

— Vocês sabem meu nome?

— Claro que sabemos. Viemos salvá-la.

— Me salvar?

Ouviu-se um assobio agudo e uma bala raspou na bochecha do homem. Ele se virou para observar a batalha, e Nanami viu um de seus mosqueteiros cair silenciosamente no chão, baleado.

Mais soldados cinzentos apareciam na entrada da torre. Os Mosqueteiros se protegiam atrás de colunas caídas e outros escombros. Estavam em grande desvantagem numérica.

— Porthos, não consegue dar um jeito nisso?

— Do que está falando? São muitos. — O corpulento Mosqueteiro se aproximou e agachou-se ao lado de Nanami, estalando a língua enquanto recarregava rapidamente seu mosquete. — Tantos, e avançam sem parar. Parece que querem ser alvejados.

— Para de reclamar, Porthos. Só precisamos aguentar mais um pouquinho.

— Eu sei, mas não dá para ficar muito tempo nessa. Por que o Athos está demorando tanto?

Enquanto o gigante Porthos disparava seu mosquete entre as pilhas de escombros, outro Mosqueteiro foi atingido. Nanami ficou paralisada, incapaz de se mover ou falar.

Apesar da situação desesperadora, o alto Mosqueteiro não perdeu o sorriso sereno. *Deve ser Aramis*, pensou Nanami.

— Como ele acabou de explicar, Nanami — disse ele —, nem mesmo nosso valente Porthos consegue segurar o inimigo para sempre. Nossa posição é insustentável. — Ele apontou o comprido dedo indicador para um dos corredores que se ramificavam à esquerda. Atrás de uma coluna, havia uma pequena escada em espiral. — Por favor, vá por ali. Vamos segurá-los aqui.

Nanami sacudiu a cabeça.

— Não posso abandonar vocês depois de terem me salvado.

— Sentimentos nobres — declarou o Mosqueteiro alto com um sorriso brincalhão. — É gratificante saber que nossos esforços não foram em vão. Não se preocupe conosco. Enquanto você estiver segura, nós não podemos ser derrotados.

— Enquanto eu estiver segura?

— Você é o alvo do Rei. Nosso desafio é protegê-la. Aceitaremos o desafio, vamos picotá-lo e enviá-lo de volta. É desse jeito que os Mosqueteiros agem.

O alto Mosqueteiro permaneceu imperturbável, parado ali em meio a uma saraivada de balas. Não que o perigo tivesse passado, apenas que Aramis não sabia como se render a ele.

— Mas... — Nanami procurou as palavras certas. — Vocês vieram me salvar, e eu sou a única fugindo.

— Você não está fugindo — o gigante Porthos atalhou. Debaixo do bigode grosso, um sorriso desafiador. — Este homem pequenino tem razão. Precisa sair deste castelo. E é por isso que estamos aqui.

— Chega dessa história de "pequenino". Pode se referir a mim como cavalheiro.

O grandalhão riu ruidosamente diante da expressão de desagrado do camarada.

— Chamar você de cavalheiro? Você é um mulherengo.

— Que audácia, Porthos! Espere só pelo fim da batalha: vou fazer questão de atirar na sua cabeça.

— Se tem balas para desperdiçar, me passe pois estou quase sem munição.

Entre as tiradas ácidas, eles continuaram a carregar e disparar seus mosquetes, com movimentos comedidos e precisos.

Não havia nada que Nanami pudesse falar. Era difícil ter certeza do que estava acontecendo, mas sabia que algum grande poder estava fazendo tudo o que podia para protegê-la. Ela se esforçou para conter as lágrimas, sabendo que não era hora nem lugar para chorar. Em vez disso, abraçou o gato e curvou-se profundamente para os dois Mosqueteiros.

O Mosqueteiro alto sorriu de volta, mas o gigante atrás dele largou o mosquete e sacou a espada da bainha. Os outros Mosqueteiros seguiram o exemplo, até que todos estivessem de pé com as espadas em punho. Nanami olhou ao redor e viu sorrisos gentis e reconfortantes de todos eles.

— Pode ir, Nanami — disse o homem alto com um empurrãozinho.

Quando Nanami saltou de trás dos escombros, os Mosqueteiros também emergiram das sombras para protegê-la. Enquanto corria para a esquerda, o som de tiros atrás mudou para o de uma feroz luta de espadas. Com o canto do olho, viu alguém cair, mas não parou para olhar.

Ela correu pelo corredor lateral e saltou para a escada em espiral. Não houve hesitação em seus movimentos, pois ela a reconheceu imediatamente como a mesma pela qual havia subido na primeira vez que estivera no castelo. Embora o tamanho e a escala do castelo tivessem mudado, sua memória do evento permaneceu clara. Ela refletiu sobre como, naquela época, o gato corria à sua frente, mas agora estava enrolado em seus braços.

— A esperança dá sinal de vida...

Nanami entoava as palavras como um feitiço enquanto concentrava toda a sua força na escalada. Por um breve momento, ouviu um chiado no fundo da garganta e sentiu um arrepio percorrer a nuca.

Ela corria a toda velocidade, ziguezagueando entre vigas de aço e saltando sobre escombros, desviando de balas. Como seu corpo poderia sobreviver ileso? Se tivesse uma crise de asma agora, não conseguiria mais correr.

— A esperança dá sinal de vida...

Agora Nanami ouvia passos abaixo; intimidadores, autoritários, marchando escada acima. Ela sabia que não eram os Mosqueteiros e não conseguia dizer naquele momento se o que sentia era medo, tristeza ou dor.

Os sons preocupantes em seu peito e garganta começaram a se espalhar. Era difícil recuperar o fôlego, e sua respiração tornou-se irregular. Suas pernas ficavam mais pesadas à medida que subia.

— A esperança dá sinal de vida...

Os pés de Nanami pararam. Mesmo assim, ela não havia desistido. Com uma das mãos apoiando o gato, usou a outra para pegar o inalador. Ao levá-lo à boca, ele escorregou de suas mãos trêmulas e rolou pelos degraus de pedra com um som estridente.

Ela congelou de horror enquanto sua garganta se fechava.

— A esperança dá...

Não conseguia continuar.

Toda a força foi drenada de seu corpo.

— Não desista! — A voz surgiu de cima.

Ela olhou para cima e ficou chocada com o que viu. Um soldado de rosto cinza estava parado alguns degraus acima.

Um rosto sem traços característicos, com tez acinzentada e olhos vidrados e inexpressivos. Apesar da aparência sinistramente familiar, Nanami sentiu a intuição aflorar. Havia algo diferente naquele soldado.

Aqueles lábios sem sangue se moveram:

— Não pode desistir tão rápido. — Ele estendeu a mão sem alterar a expressão.

Como se atraída por uma força invisível, Nanami estendeu a própria mão e agarrou a do soldado. Sentiu-se puxada para cima com grande força. O soldado continuou a içá-la, enquanto falava em um tom monótono:

— Aqui, o maior poder é o do coração. A corrida não vai desencadear uma crise de asma. A ansiedade e o desespero é que vão.

Antes mesmo que ele terminasse de falar, Nanami sentiu o ar escaldante e a fumaça no rosto. Haviam chegado ao topo das muralhas do castelo. Chispas de fogo giravam ao redor.

Nanami olhou para baixo e viu uma multidão de soldados se reunindo, como um enxame de formigas. Ela imaginou que estivessem sob as ordens do Rei – não fizeram nenhum movimento para tentar evitar o fogo. Seu único propósito era perseguir Nanami. Os degraus na entrada do castelo também estavam infestados de soldados.

— E os Mosqueteiros?

— Não se preocupe com eles. Estão dando conta. — A voz do soldado cinzento a acalmava. — O mais importante: ainda consegue correr?

O homem que lhe fez essa pergunta era, para todos os efeitos, o mesmo que todos os soldados cinza lá embaixo, algo extremamente confuso para Nanami.

— Acho que você já sabe onde a saída fica — continuou o soldado.

Nanami olhou rapidamente ao redor das muralhas. Chamas agora lambiam as ameias no topo, manchando toda a vista de um vermelho vivo. Mas, entre as labaredas, ela vislumbrou uma pequena torre. Era a mesma torre em que havia mergulhado com o gato na primeira vez que tinham ido ali.

— A torre...

— É isso. Pela porta daquele torreão. Há uma passagem.

— Está pegando fogo!

A conversa foi interrompida abruptamente pelo surgimento de um grupo de soldados cinzentos no topo da escada em espiral. O aliado de Nanami girou para se posicionar no patamar, ao mesmo tempo golpeando o soldado da dianteira com o cotovelo. Foi um movimento brilhante, fazendo o adversário cair para trás, levando consigo a dúzia de soldados logo abaixo. Eles gritaram enquanto caíam juntos até o pé da escada.

O soldado falou mais uma vez com sua voz calma:

— Isso vai te dar um tempinho. Agora você precisa correr pelo fogo e pela fumaça. — A voz do homem não era apenas calma, mas também cheia de vitalidade. Não combinava com o rosto cinzento e sem traços característicos à sua frente.

— E você? — Nanami perguntou.

— Se eu for com você, ninguém vai ficar aqui para detê-los. Eu consigo mantê-los confinados por um tempo.

— Mas não posso deixar você para trás. Não quero que ninguém mais se machuque.

O soldado pareceu surpreso.

— Todos estão lutando por mim — continuou ela. — Não posso simplesmente...

— Você é uma alma bondosa, Nanami. Mas precisa mesmo dar o fora daqui.

— Você também me conhece? Quem é você? Quero que venha comigo. — Nanami passou a gritar.

No entanto, a voz em resposta permanecia calma e gentil como antes:

— Está tudo bem. Não vou sucumbir. Os Mosqueteiros ficarão bem também... E o gato teimoso. Contanto que você saia daqui em segurança, não vamos perecer. — O soldado misterioso alisou o cabelo cheio de fuligem da menina. — Que rei terrível coloca uma mocinha tão amável quanto você em uma situação horrível como esta?

— Quer saber de uma coisa... — Nanami ergueu a voz de repente. — Eu te conheço!

Ela foi interrompida por uma saraivada de tiros vinda de muito abaixo da muralha. O soldado rapidamente passou o braço em volta de Nanami e a puxou para um lugar seguro. Enquanto o tiroteio continuava, Nanami ajoelhou-se na passarela de pedra e encarou o rosto cinzento. As palavras que borbulhavam em sua mente eram tão ofuscantes que mal conseguia pronunciá-las. E então, como se estivesse pegando delicadamente um objeto muito precioso, ela as sussurrou:

— Você é mesmo um mestre do disfarce.

O soldado ergueu uma sobrancelha ao olhá-la.

— Um ladrão de casaca que entra onde bem entende para ajudar quem precisa — continuou ela.

O soldado de rosto cinzento deu de ombros levemente e depois riu baixinho. No mesmo instante, a máscara sem vida se transformou em um sorriso brincalhão.

— Fui derrotado — anunciou ele. — Você é uma detetive das boas, Nanami.

Outro bando de soldados cinzentos emergiu da escada. O ladrão se esquivou habilmente de um golpe de baioneta, agarrou a arma, torceu-a das mãos do oponente e desferiu-lhe um golpe forte no peito com a coronha. Como antes, os soldados que o seguiam gritaram enquanto desciam a escada.

— Eles não param de aparecer — murmurou ele ao limpar as cinzas dos ombros. Então olhou por cima das ameias. — Bem, parece que a cavalaria chegou.

Ele jogou o mosquete roubado por cima do muro e pediu a Nanami que olhasse para baixo.

Um grande grupo de soldados cinzentos estava reunido no pátio central, mas um bando de homens a cavalo irrompeu de fora das muralhas. Eles invadiram o pátio em linha coordenada e, ao sinal de um único tiro, todos sacaram espadas e atacaram os soldados cinzentos, que foram caindo no pânico e no caos.

Nanami avistou a bandeira da cavalaria, tremulando, resplandecente. Era uma cruz branca ornamentada sobre um fundo azul.

— São os... — Ela perdeu o fio da meada.

Era uma linda bandeira que ela já vira muitas vezes em livros. Não apenas bonita, mas também rutilando orgulho e coragem.

O ladrão protegeu os olhos com uma das mãos e sorriu de alegria.

— Finalmente, chegaram todos os Mosqueteiros. Parece que você é uma garota popular, Nanami. Quantos!

Nanami seguiu a direção para onde o ladrão olhava e viu uma torrente de cruzes brancas sobre fundo azul entrando pelos portões do castelo. Embora não fosse um exército enorme, eram soldados de elite, selecionados; sob seu ataque, os soldados cinzentos rapidamente começaram a sucumbir.

Mas, devido ao grande número, o exército cinzento não se desintegrou completamente. À medida que os indivíduos caíam, mais homens emergiam de várias partes do castelo, avançando para a batalha como uma máquina. A refrega eclodiu por toda parte.

— Certo — disse o ladrão de casaca ao colocar a mão sobre o ombro da menina. — Agora o resto é com você. O oponente não vai parar e os Mosqueteiros não conseguirão lutar para sempre.

— Mas preciso deixar todos aqui?

Ele negou com a cabeça.

— Não é isso o que está fazendo. Você está abrindo caminho para todos.

Nanami mal percebeu a bala que passou zunindo, quase raspando sua orelha. Ela sabia o que tinha que fazer. Sabia, mas suas pernas não se moviam. Não conseguia conter a emoção que transbordava, nem encontrar palavras.

Quando finalmente abriu a boca para falar, o ladrão de casaca levantou um dedo para impedi-la.

— Não precisamos do seu agradecimento. Na verdade, é bem o contrário.

Nanami fechou a boca novamente e então se virou para a parede flamejante. Observou as ameias envoltas em chamas, as colunas serpenteantes de fumaça preta, a passarela em ruínas e, além de tudo, seu objetivo: o torreão que escondia a rota de fuga.

Seria mentira dizer que não estava apavorada, mas seus pés não vacilaram. Ela não tinha chegado tão longe sozinha.

Atrás dela, mais uma vez, ouviu aqueles passos mecânicos sinistros na escada.

— Vai, Nanami! — a voz estrondosa de Lupin, o ladrão, soou. — Corra com todas as suas forças!

Segurando o gato firme, Nanami saltou no fogo.

Em algum momento, a chuva cessara. A lua brilhava através de brechas nas nuvens, lançando um padrão de sombras e luz no pórtico em frente à biblioteca. Não havia vento para ondular as poças d'água na rua, que brilhavam douradas ao luar. Ao lado dos canteiros de flores, uma miríade de pequenas poças, cada uma refletindo a luz como se algum milionário excêntrico tivesse corrido espalhando moedas de ouro no chão.

O carro de Seiichiro ainda estava estacionado no mesmo lugar, envolto em silêncio e luar, e Nanami teve a impressão de estar retornando a um mundo diferente daquele que havia deixado.

Abraçando seu precioso embrulho com as duas mãos, Nanami se virou para trás, captando o momento em que o caminho branco-azulado que acabara de percorrer desapareceu como o orvalho da manhã sob a luz do sol. Tudo o que restou foi a entrada de vidro, totalmente normal, da biblioteca.

— Nanami!

Ao ouvir o pai chamá-la, ela se voltou para o carro.

Nanami não tinha noção de quanto tempo havia passado. Poderiam ter sido séculos ou apenas alguns instantes, mas seu pai estava parado exatamente no mesmo lugar ao lado do carro.

— Nanami, está tudo bem? — perguntou enquanto corria na direção dela. — Se machucou? E a asma?

Em meio às perguntas rápidas, Seiichiro deu um abraço de urso na filha.

Na verdade, Nanami se sentia perfeitamente bem. Apesar de ter corrido em meio a um inferno escaldante, nada parecia ter sido afetado – nem seu corpo, nem mesmo suas roupas. A única mudança era sua carga inestimável.

— Pai?

Nanami estendeu os braços para mostrar o que segurava. Os olhos de Seiichiro se arregalaram de surpresa.

Era um livro.

Um antigo livro ilustrado.

O livro não era apenas velho – estava coberto de marcas de queimadura, escurecido pela fuligem e rasgado nas bordas. Mesmo assim, a ilustração na capa era claramente visível. Um gato com olhos verde-jade os encarava com uma expressão imperiosa no rosto.

— Que livro é esse?

— Ele apareceu no meu colo.

— Mas é o... — O pai dela parecia contente. — Não lembra? Eu te comprei esse livro há muito tempo. Você amava tanto... Pensei que a gente tivesse perdido.

— Eu lembro, sim. Me lembro de virar essas páginas tantas vezes.

Seiichiro não se moveu por um tempo, sem tirar os olhos do livro. Por fim, colocou a mão no ombro da filha e a encarou, com uma seriedade mortal.

— Pode me contar o que aconteceu?

— Mesmo se eu contasse, você não acreditaria.

— Bem, é provável.

Nanami ficou surpresa com a resposta. Havia um sorriso no rosto do pai.

— Me conta mesmo assim. Eu gostaria muito de saber onde você encontrou seu precioso livrinho. Fez uma viagem ao fundo do oceano ou ao lado oculto da lua? Ou talvez tenha viajado para Sirius, a anos-luz daqui? Prometo que ouvirei qualquer história que quiser me contar, com a condição de que a conte direito.

O sorriso relaxado e a voz gentil do pai trouxeram de volta uma onda de lembranças para Nanami. Quando costumavam ir juntos à biblioteca, o mesmo sorriso estampava o rosto do homem que a protegia. Com a mesma voz grave, ele falava sem parar sobre as aventuras do Capitão Nemo ou os feitos do Conde de Monte Cristo.

Nanami conseguia até ver a luz do sol entrando enquanto se sentavam naquele lugar de sempre ao lado da janela.

Lágrimas brotaram nos olhos da garota. Desta vez, foi impossível contê-las, e escorreram livremente por suas bochechas.

— Ei, ei, não chora em público — o pai brincou. Ele se virou para as poças brilhantes e coçou a cabeça, como se embaraçado. — Vai fazer seu pai chorar aqui também.

CAPÍTULO 4

AQUELE QUE QUESTIONA

A primeira nevasca do ano havia chegado um pouco mais tarde do que o normal, e a cidade estava coberta por uma fina camada de neve branca.

Eram meados de dezembro e havia um clima de festa, com mais pessoas nas ruas do que o normal. Pelos becos, crianças corriam animadas. Não havia neve suficiente para uma guerra de bolas de neve, mas ainda assim era divertido brincar.

— Está claro lá fora, né?

Quando Nanami falou, Rintaro levantou os olhos da caixa registradora.

— É estranho — ele falou sem parar de apertar as teclas. — Quando pensamos na neve, surge uma ideia de algo duro e frio, mas ela é suave e até calorosa.

Um cliente acabara de sair depois de comprar alguns livros. Era um senhor idoso, aparentemente um ilustre estudioso, que havia comprado um livro fino e de aparência antiga com a única palavra "Analectos" na capa, e outro volume mais pesado, intitulado O *ramo de ouro*, que vinha em uma caixa com gravação dourada. Nanami ficou fascinada.

— Quer uma xícara de chá?

Nanami assentiu e Rintaro colocou a chaleira no pequeno aquecedor de querosene. Nanami sentou-se ao lado e esperou a água ferver.

Dentro da livraria, os únicos sons eram o crepitar do aquecedor e os gritos ocasionais de crianças correndo na rua.

— Seu pai vem te pegar hoje de novo? — Rintaro perguntou ao pegar as xícaras do armário atrás dele.

Nanami negou com a cabeça.

— Vou de trem. Preciso passar na biblioteca para devolver um livro.

— Vai ficar bem?

— Sabe, já estou no ensino fundamental II e é hora de andar de trem sozinha. Pedi para o meu pai e ele concordou. E se eu tiver algum problema, consigo pedir ajuda.

— Sei.

Rintaro arrumou as xícaras sobre o balcão.

— Será que seu pai entende?

— Entende, mas não tudo... Mas, no final, ele entendeu mais do que eu supunha — disse ela, rindo.

Naquela noite, ao voltar da biblioteca, Nanami colocara seu querido livro ilustrado na estante de estudos e contara ao pai o máximo que pôde da história. Naturalmente, ela se certificara de omitir as partes mais assustadoras e a reescrevera como as aventuras inocentes de uma criança, algo em que era muito boa.

Uma gama de expressões havia passado pelo rosto de Seiichiro – descrença, choque, raiva – e, no final, ele ficara com uma expressão de perplexidade.

— Isso é complicado demais para mim — dissera ele com um suspiro ao massagear as têmporas. — Se sua mãe estivesse aqui, eu poderia perguntar para ela o que achava.

Ele dera um sorriso irônico, e Nanami percebera uma mistura de solidão, sentimento e humor no rosto do pai.

Em vez de pressionar a filha para obter mais detalhes, Seiichiro tinha dedicado tempo a fazer promessas. Ele fizera Nanami prometer que sempre o consultaria em caso de problemas e que não se envolveria em atividades perigosas sozinha. Em troca, havia prometido reduzir sua carga horária de trabalho e passar mais tempo em casa. Isso não significava que o trabalho seria fácil, mas...

— Acho que priorizei as coisas erradas.

Nanami ouvia em silêncio enquanto ele, construtiva e pacientemente, tecia suas palavras com grande reflexão.

Ao final da conversa, Seiichiro sorrira para a filha.

— De vez em quando, vamos àquela Livraria Natsuki?

A sugestão pegara Nanami de surpresa. Tomada de alegria, ela se levantara de repente, batendo o joelho na mesa de tanta empolgação.

Ela já havia devolvido todos os volumes da coleção de Lupin à biblioteca. Segundo o Sr. Hamura, após uma verificação minuciosa das estantes, constatara-se que não havia nenhum livro faltando.

— Bem, isso é uma biblioteca, afinal. Os livros vão e voltam.

Fosse um comentário sarcástico ou apenas o Sr. Amargo resmungando, Nanami deixara passar.

As coisas começaram a mudar um pouco e, em grande parte, a progredir.

— Pra você.

Rintaro trouxe-lhe uma xícara de chá fresquinho.

A chama do aquecedor de parafina refletiu na bela xícara de porcelana. Ao pegá-la, a mente de Nanami foi tomada por uma série de pensamentos aleatórios: um castelo enorme, chamas bruxuleantes, máquinas destruídas e, além de tudo, a figura de um homem solitário.

— Está pensando naquilo de novo? — perguntou Rintaro.

— Não consigo parar de pensar em tudo o que aconteceu. Foi tão assustador, no entanto, parece que descobri algo muito importante.

Rintaro pegou a própria xícara e a interrompeu com gentileza:

— Não precisa ter pressa para colocar tudo em palavras. Você venceu a aposta contra o Rei. Talvez seja tudo o que importa agora. Você voltou. Deve ser por isso que todos os livros perdidos voltaram também.

— Sim, mas... — Nanami encarava as ondulações na superfície do chá. — "Aquele que prolifera"... É uma frase tão estranha. E assustadora também.

Detrás dos óculos, Rintaro franziu o cenho de leve.

— "O único que não obedece às leis da natureza" — refletiu ele. — Foi o que o Rei Cinzento falou.

— Tem alguma ideia do que ele quis dizer?

— Não exatamente... Mas tenho minhas suspeitas. — Após uma breve pausa, Rintaro foi em frente, escolhendo as palavras com cautela: — Tudo no mundo inevitavelmente se deteriora com o tempo. O ferro enferruja, as maçãs apodrecem e os seres vivos envelhecem. Sem intervenção, até as paredes mais fortes ruirão, e o poder das emoções humanas não resistirá ao fluxo do tempo. A raiva, a inspiração e até a tristeza acabarão varridas pelas ondas do esquecimento.

— Então, essa é a lei da natureza?

— Claro, a aparência das coisas pode mudar dependendo da perspectiva. Mas a deterioração através do tempo é um princípio fundamental. No entanto, entre as coisas criadas pela humanidade, algumas nunca se deterioram. Na verdade, pelo contrário, existem coisas que, com o tempo, ganham força de forma constante e lenta. Coisas que, apenas por existirem, continuam a crescer e se multiplicar, ou, em outras palavras, proliferam.

De repente, a imagem de um muro enorme surgiu na mente de Nanami. O castelo que crescia a cada visita.

— Se o Rei Cinzento é o que eu imagino, então, Nanami, você está diante de algo tremendo. Uma entidade que cresce e se multiplica constantemente, continuando a causar cada vez mais distorções, mesmo agora.

— E isso existe?

— Existe.

Rintaro respondeu calmamente, mas com certeza. E com sua breve resposta, Nanami sentiu a temperatura na loja cair de repente.

— Você quer dizer...

— Não vamos chegar a conclusões precipitadas. — Rintaro estava cauteloso. — Não há evidências de que estou correto. Há tanta coisa que não entendo. A teoria de que algo aumenta apenas por existir é inerentemente falha. E as distorções resultantes... O que compensa por elas...? Bem, nem tenho certeza se existe alguma compensação... — A voz de Rintaro baixou para um murmúrio, como se ele estivesse organizando os próprios pensamentos em vez de falar com Nanami.

A menina esperou pacientemente enquanto ele se sentava perto do aquecedor piscante, perdido em pensamentos.

Ele não tinha uma resposta clara. Rintaro era sempre cuidadoso, atencioso e nunca tirava conclusões precipitadas. Não tinha o hábito de dizer banalidades para resolver as coisas rapidamente. Nanami achava isso reconfortante.

Ela se lembrou de algo que o gato lhe dissera certa vez: "Não se esqueça de que as palavras são como um telescópio. Elas ajudam a ver as coisas que você quer ver, mas cegam para todo o resto".

Ela acreditava que isso era verdade. Se você se apressasse em colocar tudo em palavras, com certeza perderia muita coisa. O mundo era complicado demais para ser completamente substituído por palavras.

— O quê? Você tem outra visita? Que estranho.

Nanami se surpreendeu ao ouvir uma animada voz feminina. Uma mulher alta e magra, com cabelo curtinho espiava da escada atrás do caixa.

— Esta é minha esposa: Sayo — Rintaro explicou para uma Nanami assombrada. — É a primeira vez que se encontram?

— Esposa? — Nanami repetiu, chocada.

— Eu estava na Europa desde o mês passado, trabalhando como tradutora — explicou Sayo. — Voltei ontem.

— Rintaro, você é casado?

Tinha sido uma pergunta um tanto rude, mas naquele momento Nanami estava perturbada demais para pensar. Ela ficou chocada com a própria voz alta e se calou rapidamente.

— Quem diria, né? — Sayo falou rindo. — Ninguém pensa que um dono de sebo introvertido teria uma esposa.

— Não, não, não é isso — Nanami protestou enquanto Sayo ia para o corredor.

— Sou Sayo Natsuki. Você deve ser a Nanami. Prazer em conhecê-la. Rintaro fala muito de você.

Nanami se apressou a pegar a graciosa mão estendida de Sayo.

— Nanami Kosaki.

— Pode me chamar de Sayo — falou ela de modo casual ao pegar a xícara de Rintaro sobre o balcão. Ela tocou brevemente os lábios no líquido quente antes de se afastar com um sobressalto, embora até mesmo esse movimento parecesse gracioso para Nanami. Rintaro lançou a Sayo um olhar reprovador, porém terno. Imperturbável, Sayo devolveu a xícara e olhou para Nanami. — Primeiramente, bem-vinda. Mas você precisa saber uma coisa importante...

Nanami ficou preocupada.

— Você pode pedir conselhos ao Rintaro sobre qualquer coisa, mas não exagere. Ele é confiável, mas tende a pensar demais nas coisas. Se passarem muito tempo juntos, podem acabar se perdendo no labirinto mental dele — explicou Sayo. Ela se abaixou para olhar a jovem nos olhos. — Eu sei a história toda. Você foi para um lugar terrível e conseguiu voltar em segurança. Isso é o que importa. O resto, só o tempo dirá.

— O tempo? — perguntou Nanami.

— Exato. Tempo é essencial. Como o chá: se esfria, não fica gostoso, mas se beber antes da hora, queima. O importante é relaxar e fuçar nos livros até amornar.

O sorriso no rosto de Sayo era contagiante, e Nanami se pegou rindo alto.

Não havia afetação ou fingimento na voz de Sayo, e Nanami conseguia sentir sua preocupação genuína. Ela era o tipo de pessoa capaz de expressar seus sentimentos com autenticidade.

Nanami conseguia imaginar o relacionamento entre Rintaro e Sayo. O cerebral e profundamente pensativo Rintaro e a mais alegre Sayo administrariam aquela pequena livraria juntos com muita eficácia, equilibrando-se mutuamente.

— Já que está aqui, deveria pedir algumas recomendações de livros para o Rintaro. Só cuidado: às vezes ele sugere umas coisas bem pesadas — disse Sayo, ignorando os protestos de Rintaro.

Nanami se sentia à vontade com a cordialidade daquela mulher.

— Sayo-san, você também conheceu o gato misterioso? — perguntou ela.

Nanami não entendeu por que a pergunta lhe veio à cabeça, mas tinha a sensação de que Sayo entenderia.

O sorriso da mulher ficou ainda mais radiante.

— Claro. Uma criatura tão arrogante, porém sábia e charmosa.

— Acha que algum dia vou vê-lo de novo? — Nanami, ainda segurando firme sua xícara, inclinou-se para a frente. — Eu arrastei aquele gato para todo lado comigo, arranjei todo tipo de problema para ele, mas nunca pude dizer obrigada nem adeus.

Sayo não respondeu, pois se virou para Rintaro, que tinha começado a rir.

— Do que você está rindo?

— Perdão — Rintaro falou rapidamente, fazendo um gesto de desculpas com a mão para sua esposa irritada. — É que uma vez perguntei a mesma coisa para o gato: se nos veríamos mais uma vez.

— E o que ele disse?

— Lembro como se fosse hoje: ele disse que isso era um clichê.

Nanami arregalou os olhos.

— Eu estava perguntando uma coisa séria e aquele gato zombou de mim. Criatura malvada. — Mas os olhos de Rintaro traíam que ele estava adorando relembrar.

Uma imagem do rosto do gato passou pela mente de Nanami, com sua gentil expressão nostálgica ao falar sobre suas aventuras passadas com um certo garoto. A expressão de Rintaro agora estava notavelmente semelhante.

— Talvez o gato não volte. Tudo bem. Não significa que ele se foi para sempre. Só que ele alcançou seu objetivo — explicou Rintaro.

— Seu objetivo?

— Eu não sei a verdade. Aquele gato difícil nunca explicou nada direito. Ele não era fofo o suficiente nem um bom guia para aqueles labirintos. — Rintaro pausou por um momento. — Enfim, não se preocupe. Ele já compreendeu tudo o que você tinha a dizer para ele.

Nanami assentiu e não fez mais perguntas. Aquelas pessoas obviamente sabiam muito mais do que ela.

— O importante é valorizar o que está bem à sua frente — Sayo afirmou.

— Mas tudo? — Nanami redarguiu.

— Sim. Pessoas e objetos, claro, mas não só isso. Todo tipo de coisa. Palavras, tempo, coisas abstratas... Tudo tem alma. As coisas que você preza têm alma e sempre vão te proteger. Do mesmo jeito que aquele gato veio até você.

Rintaro entrou na conversa:

— É por isso que precisamos ter cuidado. Algo que esteve nas mãos de uma alma desequilibrada também adquirirá uma alma desequilibrada. É triste, mas estou convencido de que é verdade.

Nanami assentiu.

— Vou me lembrar disso.

Sayo sorriu como resposta.

Nanami bebericou de sua xícara de chá. O aroma agradável de Earl Grey pairava no ar.

Flocos de neve finos caíram até tarde da noite. Nada que pudesse ser descrito como nevasca, mas o bastante para cobrir as calçadas com uma leve camada branca.

Quando Rintaro se ofereceu para levá-la para casa, Nanami balançou a cabeça e simplesmente agradeceu. Ela estava determinada a aumentar o número de coisas que podia fazer sozinha.

Caminhar até a estação, pegar o trem e descer na estação mais próxima da biblioteca para devolver um livro. Tudo isso enquanto a neve caía. Para a maioria das pessoas, não passava de um dia comum; para Nanami, era uma pequena aventura.

Ela se sentia bem tanto física quanto mentalmente. E seu inalador estava em segurança no bolso. Ela também tinha um novo inalador de emergência para substituir o que havia caído dentro do labirinto. Estava preparada para sua pequena viagem.

Nanami abriu o guarda-chuva sob os flocos de neve dançantes e partiu lentamente. Na estação, teve o cuidado de descansar um pouco na escada. Ficou muito surpresa ao ver como o trem estava lotado e teve que ficar em pé até a parada dela. A biblioteca não ficava muito longe da estação – apenas uma curta caminhada por uma área residencial. Ela chegou lá sem problemas.

Só lhe restava devolver o livro, mas, sentindo-se um pouco cansada, decidiu subir ao primeiro andar e descansar um pouco em seu lugar habitual perto da janela. Naquele castelo cinzento, ela tivera muito mais energia; afinal, a realidade e o labirinto eram bem diferentes.

O primeiro andar da biblioteca estava silencioso como sempre; não havia ninguém à vista. Não era por causa do mau tempo: a biblioteca sempre ficava assim à noite. A senhora idosa que via ocasionalmente estava ausente naquele dia.

Olhando pela janela, ela notou que os telhados pretos da área residencial estavam gradualmente ficando brancos, fazendo com que o exterior parecesse mais claro do que o normal, embora já fossem cinco da tarde. Algumas crianças estavam reunidas no pátio da escola primária vizinha e brincavam alegremente na neve. Se continuasse nevando tanto durante a noite, amanhã talvez pudessem construir bonecos de neve.

Parece que não vai parar tão cedo, pensou Nanami enquanto apoiava os cotovelos na mesa e olhava para as espessas nuvens de neve.

Ela caminhou um pouco pelos corredores. Não conseguia ver nada de particularmente incomum acontecendo. As prateleiras com suas lacunas como dentes faltando estavam quase todas preenchidas. Claro, ainda havia alguns espaços vazios, mas, como o Sr. Amargo corretamente apontara, era da natureza dos livros da biblioteca ir e voltar.

— Será que tudo já voltou ao normal? — Nanami falou em voz alta como se lançasse um feitiço que resolveria as preocupações remanescentes em seu pensamento.

Sayo tinha razão: você pode pensar em muitos tópicos sem encontrar nenhuma resposta. Para saborear a xícara de chá perfeita, era importante esperar que ela atingisse a temperatura ideal.

— Quando eu deveria voltar...? — questionou-se. Se a neve parasse, seria mais fácil voltar para casa, mas parecia que continuaria nevando pelo resto do dia. Se as condições piorassem ainda mais, até mesmo caminhar poderia se tornar difícil.

Enquanto ponderava suas opções, Nanami olhou ao redor. Seus olhos pararam ao avistar uma figura solitária que apareceu onde havia pouco parecia não ter ninguém. Um homem alto estava parado em frente à máquina de venda automática perto dos elevadores. O tilintar metálico das moedas sendo inseridas produziu um ruído metálico e agudo que ecoou pelo chão. Então, ouviu-se o som pesado de uma garrafa de plástico caindo na abertura.

Por algum motivo, Nanami se viu obcecada pelos movimentos dele. Ela o observou usar a mão esquerda para pegar a garrafa e a direita para recuperar o troco antes de seguir pelo corredor entre as estantes e o canto de leitura.

Então, ela se deu conta: o homem usava um terno cinza e um boné de caçador combinando.

Totalmente calmo, ele passeou pelas estantes. Literatura, filosofia, história... passou por cada uma, chegando finalmente à seção marcada como "Economia". Lá, ele se virou e foi em direção ao canto onde Nanami estava sentada.

Sem se mover, Nanami observou o homem de terno caminhar direto em sua direção. Ele chegou à mesa, pousou sua garrafa de chá e tirou o chapéu da cabeça.

— Tem alguém aqui? — perguntou ele. Seu rosto era cinzento, a expressão sem alegria, raiva ou medo. Congelada.

Nanami juntou as mãos sobre o livro e, lentamente, levantou apenas a mão direita para gesticular em direção à cadeira em frente.

O Rei Cinzento puxou a cadeira, sentou-se e cruzou as pernas com lentidão. Depois de alinhar cuidadosamente as moedas da mão direita sobre a mesa, empurrou a garrafa de chá para Nanami. Ela não reagiu.

Ele voltou seu olhar impassível para ela.

— Pensei que gostasse de chá.

— Depende das circunstâncias.

— Entendo — disse o Rei, imperturbável, brincando com as moedas sobre a mesa.

— Por que está aqui? — Nanami perguntou sem rodeios. A voz não tremeu. Estava em guarda, mas surpresa consigo mesma de como tinha se recomposto rápido.

Todas as vezes que enfrentara o Homem Cinzento até então, fora dentro do castelo. Fosse no Grande Salão do General, no Gabinete do Primeiro-Ministro ou nos Aposentos do Rei, o ambiente sempre fora bizarro, intimidador e, de alguma forma, vazio. Agora, Nanami estava no ambiente familiar da biblioteca. Em outras palavras, seu próprio castelo.

Do lado de fora da janela, flocos de neve dançavam no ar; além, podia ouvir as vozes alegres das crianças. Naquele momento, Nanami estava se preparando para enfrentar essa intrusão do extraordinário em seu cotidiano.

— De fato, por quê? — O Rei se virou para olhar pela janela. — Nem eu sei. Mas você escapou de forma tão brilhante do incêndio. Acho que eu queria conhecê-la melhor.

— E de algum modo, você também sobreviveu — apontou Nanami.

— Eu não perecerei — afirmou casualmente. — Já falei: eu sou aquele que prolifera.

O rei pegou uma moeda com os dedos da mão esquerda e a colocou de volta na superfície da mesa com um som agudo de batida, como se estivesse fazendo um movimento de shogi, o xadrez japonês.

— Deixe-me fazer uma pergunta para você: como conseguiu sair daquele lugar?

— É isso que veio descobrir?

O Rei não respondeu, somente bateu na mesa com a moeda outra vez.

— Conheço os seres humanos muito bem — anunciou ele então. — Eles possuem grandes desejos e, para realizá-los, são capazes de exibir uma força incrível. Alguns dizem que a maior característica dos humanos é o intelecto, mas estão claramente enganados. A inteligência, de fato, dá origem à tecnologia e à invenção. No entanto, uma pessoa verdadeiramente inteligente, apesar de ser capaz de construir uma arma, jamais puxaria o gatilho contra outro ser humano. O ato de não puxar o gatilho: isto é o que deveria ser chamado de "inteligente". E é claro que os humanos não têm essa qualidade. Não me interprete mal; não encaro como uma falha. Os humanos são implacáveis em chutar os outros para o chão, matando os demais da própria espécie e continuando a expandir seus desejos. Pode-se dizer que esse tremendo desejo é a maior arma da humanidade. É a força que impulsiona os humanos a crescerem, a se descobrirem e a se tornarem maiores.

Murmurando consigo mesmo, ele bateu a moeda outra vez.

— Mas eu sei que até mesmo esses poderosos humanos podem se mostrar surpreendentemente frágeis quando são tomados pela ansiedade e pela desesperança. Uma pessoa abandonada em um incêndio daquele jeito em geral não sobrevive.

— Bem, parece que você anda estudando apenas um tipo de pessoa então.

— Isso foi o que sempre observei.

O Rei jogou a moeda com força sobre a mesa. Embora permanecesse inexpressivo, aos ouvidos de Nanami o som agudo soou como um grito de dor.

Ela finalmente estava começando a entender.

O Rei viera ali em busca de algo. Ele não estava se impondo da maneira arrogante de outrora. Viera até Nanami em busca do caminho que deveria seguir. O Rei se aproximara daquela garota asmática e impotente de treze anos, não com desprezo ou escárnio, mas com perguntas.

Nanami respirou fundo antes de falar:

— Bem, imagino que para esse tipo de pessoa de quem está falando seria impossível escapar de lá.

Ela agarrou as palavras que flutuavam em seu peito, quase inconscientemente, e as colocou sobre a mesa.

O Rei olhou para ela com a expressão vazia.

— As pessoas de quem estou falando?

— Como você disse, pessoas que não têm consideração pelos outros são certamente poderosas. Podem chutar alguém no chão sem pensar duas vezes. Esse tipo de pessoa não se importa se o que faz é errado. Mas, como também comentou, elas são surpreendentemente frágeis.

— E por quê?

— Porque estão sozinhas.

O Rei não respondeu.

— Porque se encontram sozinhas num incêndio, sem ninguém para lhes ajudar.

Era estranho como as palavras vinham tão naturalmente para Nanami. Não era lógico nem metódico, mas, por um simples desejo de se comunicar, ela percebeu que as palavras se acumulavam com suavidade a seus pés como flocos de neve. Tudo o que precisava fazer era se abaixar e recolhê-las com cuidado.

— O que eu precisava para escapar daquelas chamas não era viver com mais liberdade, nem ser fiel a mim mesma, nem nada complicado como intelecto ou desejo. E, claro, também não era um mosquete nem uma fábrica coberta de graxa.

— Era o quê, então?

— É difícil responder porque não é algo que possa ser explicado numa conversa.

— Está dizendo que preciso ler um livro? — O Rei virou seu olhar vidrado sobre ela.

Nanami não respondeu; ela apenas o encarou, sem nem desviar o olhar por um instante sequer.

O Rei permaneceu imóvel por um tempo, mas então seus lábios cinzentos se moveram novamente:

— Você acredita mesmo nisto?

Não havia traço de zombaria nem de desprezo na voz do Rei, e por isso Nanami respondeu com honestidade:

— Os livros se imbuem do poder de todas as pessoas que os leram. Foi esse poder que me tirou daquele inferno. Eu simplesmente consegui senti-lo.

— Difícil de acreditar. O poder dos livros deixa a pessoa fraca e desamparada. Empatia, simpatia, consideração: todos esses tipos de emoção enfraquecem a determinação das pessoas, tiram sua capacidade de tomar decisões e também reduzem seus níveis de agressividade. Em outras palavras, diminuem o potencial de uma pessoa e dificultam o sucesso.

— Há coisas mais importantes do que o sucesso.

O olhar do Rei não se alterou.

— Não estou dizendo que não seja importante ter sucesso — continuou Nanami —, mas os livros nos ensinam que outras coisas são mais vitais. Como estender a mão para ajudar alguém em necessidade, ouvir alguém que está com problemas e entender que há coisas mais valiosas do que o dinheiro. Eles nos ensinam ideias que não podem ser explicadas apenas pela lógica, conceitos que talvez não sejam tanto a norma hoje em dia, mas costumavam ser senso comum. E todos os compreendiam. Se você lesse um livro, entenderia imediatamente.

— Mas, como você disse, muita gente já se esqueceu desses conceitos. Isso não significa que eles perderam o sentido? Que não servem para mais nada?

— De jeito nenhum. Eles dão muita força.

— Por exemplo?

— Eles ensinam que há esperança em tudo. Que nunca se está sozinho. Que é possível correr por um mar de chamas e encontrar a saída.

Enquanto falava, Nanami viu em sua mente um pequeno camundongo abaixando a cabeça, o sorriso travesso de um exímio ladrão, uma bandeira azul tremulando sobre uma cinza e, finalmente, um gato de aparência imperiosa caminhando à frente...

O Rei ergueu os olhos para o teto. Parecia ouvir atentamente as palavras de Nanami.

— Eu ouço esse tipo de coisa todos os dias na escola — continuou Nanami. — "Viva sua vida como bem entender. Não dê atenção para a opinião dos outros, mas expresse a sua. E dê cada vez mais duro para ser bem-sucedido na sociedade." Mas eu acho que esse jeito de pensar está totalmente errado. — Nanami colocou uma mão sobre o livro à sua frente. — Não é nada fácil explicar por que é errado. Talvez não seja algo compreensível por meio da lógica. É algo que se sente no coração. — Nanami olhou para o livro. — É por isso que as pessoas leem livros. Quando leem, sentem o que significa ser atencioso com os outros, o que acontece com aqueles que se esquecem da compaixão. E, às vezes, um livro suave e antigo questiona: "Você quer ser rico ou quer ser feliz?".

— Não é da natureza humana tentar ser as duas coisas?

— Talvez. Mas é impossível. Em todos os contos de fadas, é necessário escolher entre o baú de tesouros grande e o pequeno.

Nanami falou tudo suavemente e sua voz preencheu a biblioteca deserta. Ao redor deles, o silêncio era como se o tempo tivesse parado.

Mas o Rei falou num repente, batendo com a moeda sobre a mesa outra vez:

— Mas, veja, eu cresci demais. Fiquei tão grande que poderia explodir o frágil coração humano com um único sopro... Os próprios humanos não conseguem mais me controlar. Expandi-me para uma espécie de escuridão massiva e dilatada, e estou tentando engolir a humanidade em meu caos sombrio. Você acha que ainda seria capaz de pronunciar essas palavras de dentro dessa escuridão?

Embora tivesse formulado a frase como uma pergunta, suas palavras claramente tinham a intenção de ser retóricas.

Seu rosto cinzento ainda não demonstrava qualquer expressão. Nenhuma raiva, nenhuma zombaria.

— Eu ando ao lado das pessoas há milênios.

No momento da declaração do Rei, uma substância espessa e preta começou a vazar de seus pés e subir.

— Milênios...? — Nanami repetiu a palavra em uma espécie de torpor enquanto a escuridão espessa e opressiva lentamente se aproximava de seus sapatos. Ela não conseguia se mexer. A presença sinistra que sentira no castelo se espalhava pela biblioteca, trazendo consigo um ar gélido.

— No começo, eu era apenas uma concha na praia. Nada mais que uma bela pedra. Gradualmente, adicionei vários adornos, mudei minha aparência e me infiltrei no mundo humano, passando pelas mãos de muitos. E todos que entraram em contato comigo começaram a mudar. Eles queriam cada vez mais de mim.

Nanami não conseguia mais ouvir nenhum som vindo de fora. Ela estava sentada na escuridão completa. Tudo o que conseguia ver era o Rei Cinzento à sua frente. Todo o resto havia desaparecido.

O peso da escuridão era avassalador; ela sentiu vontade de gritar. Mas apertou os lábios com força. Conseguiu se manter firme porque sabia agora que não estava sozinha.

Assim que esses pensamentos lhe passaram pela cabeça, a silhueta do Rei sentado à sua frente começou a se desfocar. A imagem daquele cavalheiro alto e de terno se distorceu, transformando-se no General corpulento, depois mais uma vez no jovem e esguio Primeiro-Ministro e, finalmente, em uma idosa frágil com as costas curvadas. Embora parecesse fraca e indefesa, uma aura sinistra fluía ao redor dos pés da mulher como água lamacenta.

— Tudo começou com pequenas mudanças que gradualmente se espalharam pelo mundo, e agora todos os lugares se tornaram um grande caldeirão de desejos. Eu, apenas por existir, sou uma fonte de poder. E só por existir, continuo a crescer. Quanto mais de mim é reunido, mais eu cresço. E isso leva as pessoas a quererem cada vez mais. Para obter mais, as pessoas começaram a mentir, a trapacear, a prejudicar os outros e, por fim, a matar.

A velha começou a se contorcer. Para Nanami, parecia estar sentindo dor.

— Quando algo que não foi criado para crescer continua a se expandir, inevitavelmente surgem distorções. Uma pessoa é capaz de administrar uma pequena quantidade de riqueza. Porém, como acontece hoje em dia, com grandes quantias continuando a se multiplicar, enormes sacrifícios são necessários. As pessoas ignoram os sacrifícios e se concentram apenas nos aumentos. Elas chamam isso de "crescimento". Esse crescimento se autoalimenta, levando a um desejo cada vez mais inflado. Houve grandes heróis ao longo da história que reconheceram os perigos de tais atitudes bárbaras. Eles perceberam que a riqueza também deve decair com o tempo, ou estará em desarmonia com a natureza. No entanto, "aqueles que têm muito" sempre suprimiram silenciosamente essas vozes. É claro que, para eles, o poder da proliferação é sua regra de ouro que promete um poder ainda maior.

A mão direita da velha tateou no ar, como se tentasse agarrar algo. Era uma mão assustadoramente emaciada, com os ossos salientes sob a pele.

— O que os humanos estão fazendo? Crescimento? É tolice. A ideia de que aqueles que têm tanto e aqueles que têm tão pouco podem crescer juntos é uma ilusão patética. À medida que os primeiros enriquecem, os segundos empobrecem. A riqueza não é absoluta; é relativa. Todos fingem não saber, mas, no fundo, sabem que é a verdade. É por isso que enganam e prejudicam os outros, saqueiam, agarrando-se desesperadamente à exclusividade que os classifica como "vencedores". O que estão fazendo? Um mundo onde os cadáveres de incontáveis pobres jazem sob um punhado de vencedores monstruosos. Chamam essa barbárie horrenda de "liberdade". Leia novamente, na verdade, está escrito "individualismo".

A mulher grisalha e enrugada voltou seus olhos vagos para Nanami. Atrás daqueles dois alfinetes espreitava algo imenso, algo que tudo envolvia, uma escuridão profunda que se espalhava, pronta para sugar e engolir tudo ao seu alcance.

Suor começou a se formar na testa de Nanami.

Ela não tinha palavras para responder à vasta e avassaladora história que se desenrolava diante dela. Jamais poderia ter imaginado confrontar uma entidade tão imensa. Uma tênue imagem de Rintaro passou por sua mente. Seria esse o motivo de ele ter hesitado e vacilado, incapaz de encontrar as palavras para responder?

— Você ainda é uma criança.

A voz murcha da velha senhora se transformou em uma voz profunda e autoritária. Nanami olhou mais atentamente e viu que a pequena sombra curvada havia se transformado na figura formidável do General.

— Deve ser difícil entender o que estou dizendo — disse ele. — Você ainda não sabe de muita coisa.

— E, no entanto, embora eu não saiba de nada, você veio aqui conversar comigo... — Nanami se esforçava para manter a respiração equilibrada.

Mais uma vez, a silhueta à sua frente começou a ficar borrada, e dessa vez assumiu a forma do Primeiro-Ministro.

— Porque você me intriga — disse o Primeiro-Ministro. — Você realmente foi auxiliada pelo poder dos livros para escapar daquele inferno. E se for capaz de domar este poder, talvez consiga mudar as coisas. — Havia certa sinceridade em sua voz, como se ele estivesse sendo genuíno no interesse. — Mais cedo ou mais tarde, você ficará face a face com o abismo do desejo. Quando a hora chegar, ainda haverá um livro em suas mãos? Ou você também, em nome da liberdade e do individualismo, estará em busca de cada vez mais?

— Se isso acontecer... — Nanami apertou os punhos e tentou espantar a escuridão gélida que a envelopava — ... volte.

A frase breve foi imediatamente devorada pela escuridão.

A figura do Primeiro-Ministro já se tornara indistinta e, enquanto Nanami observava, oscilava entre a forma do General e a do Rei, e então, em alguns momentos, assumia a aparência de uma jovem ou de um menino.

Nanami reuniu todas as forças para enfrentar seu oponente evasivo.

— Se algum dia eu mudar, volte aqui e brigue comigo. Me fale para ter bom senso! — Ela sabia que o que estava dizendo não fazia sentido, mas não conseguia encontrar outras palavras para se expressar. Respirou fundo e levantou a voz: — Não tenho ideia do que o futuro reserva. Comparada a você, que já viu muitas coisas diferentes, eu não sei absolutamente nada. Não entendo nem metade do que está falando. Então, não vou dizer que tudo vai ficar bem. Em vez disso, estou lhe pedindo um favor: se eu me perder, volte e me repreenda. Me corrija.

A escuridão se mantinha firme.

A sombra cinzenta à sua frente estava parcialmente encoberta, sua forma atual indistinta. Mas Nanami podia sentir que alguém – ou algo – estava bem ao seu lado, ouvindo atentamente.

Ela não tinha ideia de quanto tempo havia se passado, mas de alguma forma o Rei de terno cinza estava de volta, sentado à sua frente na escuridão. E ele a encarava diretamente, com uma expressão calma. Era como se seus olhares se encontrassem pela primeira vez. Depois da longa conversa, era como se, pela primeira vez, o Homem Cinzento a estivesse realmente vendo.

Ela se obrigou a soar mais animada:

— Nunca vou desistir dos meus livros. Mas, caso aconteça, venha me avisar. Me pergunte: "O que pensa que está fazendo? Você é aquela pessoa incrível que escapou de um castelo em chamas!". Pode gritar comigo. Manda eu ter noção.

Embora houvesse muitas coisas que Nanami não compreendesse, havia uma coisa que ela entendia: não importa o quão fortemente acredite em algo, essa crença poderia ser destruída em um instante.

Seu pai, que sempre fora tão gentil e atencioso, estava sobrecarregado de trabalho e se perdera de vista. Sua professora, que deveria ter sido gentil e solidária, a havia excluído. E houve a vez em que ela se sentira aliviada por ter sido levada ao hospital, apenas para ser recebida com um olhar de exasperação do médico. Nenhuma dessas pessoas era deliberadamente maliciosa; era simplesmente que, enquanto lutavam para sobreviver, haviam perdido aos poucos um pedacinho de seus corações.

No entanto, perder algo pode ser momentâneo, não eterno. Se você tem alguém próximo, uma simples palavra sussurrada dessa pessoa pode te ajudar a recuperá-lo.

— O mais assustador não é a ideia de perder o coração. É que ninguém vai te dizer que o perdeu. É não ter amigos para dizer que você está errado quando trata alguém mal. Em outras palavras, estar completamente sozinho.

Era bem possível que o mundo estivesse cheio de pessoas que nem percebiam a solidão.

— Mas eu vou ficar bem. Tenho muitos amigos que falam o que eu preciso saber. Amigos preciosos, como você.

Os olhos do Rei se arregalaram levemente. Foi um movimento sutil, mas que traiu sua surpresa. Era a primeira vez que o rosto do Homem Cinzento demonstrava algo que se assemelhasse a uma expressão.

— Caso você não tenha me ouvido, vou repetir — disse Nanami. — Você se tornou um amigo para mim. E, portanto, vou dizer a mesma coisa para você: tenha um pouco de noção!

A escuridão não se dissipou imediatamente. Em vez disso, Nanami e o Rei continuaram se encarando no vazio negro. Embora o rosto do Rei permanecesse cinzento e inexpressivo, a presença sufocante no ar começou a se dissipar um pouco.

O Rei desviou o olhar de Nanami para a própria mão direita. Levantou a moeda e a colocou com delicadeza sobre a mesa. Ao leve toque do gesto, a escuridão enfim se dissipou, e estavam sentados novamente na biblioteca.

O Rei permaneceu imóvel. Nanami também não disse nada. Ela apenas o observou enquanto ele encarava a moeda sobre a mesa. Ela contemplou o perfil daquele grande ser que havia caminhado sobre a Terra por milênios.

"Tudo tem alma." As palavras de Sayo ecoaram na mente de Nanami.

Sim, era verdade.

Não eram apenas os livros que tinham alma. A posse de uma alma também não se limitava a objetos tangíveis. Se as emoções e os pensamentos humanos continuassem a se concentrar em torno de palavras, ou mesmo de conceitos abstratos, estes, no fim das contas, possuiriam uma alma e ganhariam vida própria. E, como Rintaro havia dito: "Algo que esteve nas mãos de uma alma desequilibrada também adquirirá uma alma desequilibrada".

O Rei estivera com os humanos desde tempos imemoriais, viajando pelo mundo, mudando de forma e contornos, transcendendo até mesmo a passagem do tempo. Ele havia atravessado vastos oceanos de desejos terríveis.

— É estranho — o Rei começou abruptamente.

Nanami ficou surpresa, pois não havia frieza na voz. Pelo contrário, havia um traço de emoção naquelas palavras.

— De vez em quando, encontro alguém como você. Não muda nada, no entanto, sinto algo diferente de desesperança. — Ele deu um leve suspiro. — Nanami. — Ele olhou para ela.

Ela não conseguia ler suas emoções, mas o encarou de frente.

— Não se esqueça: o que você vê não é tudo — disse ele com uma voz grave e gentil. — As coisas mais importantes sempre residem no coração.

Ele se levantou lentamente, pegou o boné e o colocou na cabeça. Em seguida, tirou um pequeno objeto do bolso e o depositou sobre a mesa.

— Você esqueceu isso.

Nanami ficou sem fôlego. Era o inalador que havia escorregado de sua mão na escada em espiral.

Quando ela olhou para cima, o Rei de terno cinza já estava se afastando, sem ter dito nenhuma palavra de despedida. Ela o observou desaparecer de vista entre as estantes.

O som dos passos foi sumindo, até que só restasse silêncio.

Estava tudo muito quieto. Do lado de fora da janela, uma paisagem coberta de neve.

EPÍLOGO

COMO TUDO TERMINOU

No pátio da escola, vários bonecos de neve estavam enfileirados. A primeira nevasca daquele inverno havia chegado bem tarde, e a neve, quando finalmente caiu, pareceu hesitante, apenas intermitente nos dias seguintes. Então, como se o tempo tivesse decidido parar de oscilar repentinamente, a neve se jogou com uma verdadeira nevasca. A tempestade ganhou intensidade durante a noite, continuando pelo dia afora, e toda a cidade ficou envolta em uma névoa branca.

As estradas estavam razoavelmente transitáveis, graças aos limpa-neves, mas as calçadas haviam permanecido intocadas. Uma mulher de botas cambaleava insegura pelos montículos, com um guarda-chuva na mão. As árvores de Natal que adornavam as portas de algumas casas ficaram semissoterradas, suas luzes cintilantes criando um efeito mágico.

Nanami estava sentada à mesa no primeiro andar da biblioteca com um exemplar aberto de *Um gosto e seis vinténs* à sua frente. Em vez de ler, porém, ela olhava para a cidade coberta de neve. Segundo a previsão do tempo, a neve pararia de cair à tarde, mas ainda assim era a maior nevasca dos últimos anos. Mesmo para Nanami, que sempre se sentava naquele assento e observava a cidade, era uma visão rara.

— O que você está lendo? — A voz pertencia ao velho bibliotecário fazendo sua ronda para limpar as mesas do canto de leitura.

Nanami ergueu o livro para exibir a capa.

— Ah, *Um gosto e seis vinténs*. A obra-prima de Somerset Maugham. Boa escolha.

— Claro que é. Você quem recomendou, Hamura-san.

O homem ergueu uma sobrancelha para aquela resposta, mas não pareceu exageradamente incomodado por ela.

— Maugham era um escritor de primeira linha, mas também um excelente crítico. Ele escreveu uma obra de não ficção chamada *Dez romances e seus autores* e certamente escolheu dez obras excelentes para sua lista.

— Nunca ouvi falar desse. Conta mais, por favor. Gostaria de lê-lo — pediu Nanami.

— Eu já te contei. O *morro dos ventos uivantes* é um dos livros nessa lista. — O Sr. Amargo respondeu daquele jeito mal-humorado dele, embora parecesse estar se divertindo. — Quando terminar este, passe na recepção. Só que não quando estiver com fila.

E, com isso, o Sr. Amargo seguiu em frente, ainda limpando as mesas. Ele podia parecer mal-humorado, mas seu trabalho era sempre meticuloso e ele nunca fazia nada pela metade. O olhar crítico do velho bibliotecário podia ser comparado ao de Maugham. O Sr. Amargo era realmente a enciclopédia viva da biblioteca.

Apesar do tempo, a biblioteca estava muito movimentada. Talvez os moradores da região não tivessem para onde ir devido à neve pesada. Enquanto Nanami observava o velho se afastar, avistou sua amiga atravessando o andar da biblioteca na direção dela.

— Nanami, desculpa o atraso! — Itsuka acenou enquanto se apressava. Hoje, não carregava seu arco de costume, mas estava enrolada em um casaco pesado e trazia uma bolsa de ombro. — Está nevando que é uma loucura! — anunciou ela.

Seu cabelo curto e os ombros de seu casaco estavam cobertos de flocos de neve.

— Quando tudo fica branco assim, parece uma cena mágica de livro — respondeu Nanami ao colocar um marca-página no *Um gosto e seis vinténs*.

— Você parece tão despreocupada... Sabia que se continuar assim os trens param?

— Espero que não. — Nanami fechou a capa do livro.

Itsuka colocou a bolsa sobre a cadeira ao lado.

— Acha que consegue andar nessa neve? — questionou.

— Claro. Eu dou conta.

— Tem certeza?

— Tenho, porque eu sei que você também está morrendo de vontade de ir até a Natsuki.

— Bom, isso é verdade. — Itsuka pensou por um instante. — Se não formos, eu não vou conhecer o gato falante, né?

— Que história é essa? Gatos não falam!

— Você me traiu, Nanami! — brincou Itsuka enquanto Nanami guardava o livro na bolsa.

As meninas já tinham feito o plano de visitar a Livraria Natsuki naquele dia.

Uma festa de Natal.

Cerca de uma semana antes, Rintaro havia sugerido a celebração, mas era uma festa pouco comum para Nanami. A ideia surgira em uma conversa e, para Nanami, que costumava passar feriados sozinha com um livro, não era uma data que significava muito. Rintaro dera risada.

— A Sayo e eu costumamos tomar um chá com bolo, mas este ano queremos te convidar para participar.

Aquela livraria antiga e pitoresca não combinava muito com a imagem de Natal na cabeça de Nanami. Sayo, que estava tirando o pó das estantes, aparentemente lera seus pensamentos. Ela se virara e sussurrara:

— A véspera de Natal é um dia especial para nós dois.

Nanami havia corado com o tom reservado de Sayo, sem entender o porquê. Rintaro interrompera apressadamente:

— Não fale coisas esquisitas para uma adolescente, Sayo.

— Não tem nada de esquisito — Sayo protestara. — Você precisa admitir que é uma data especial para nós.

— Bem, quando você fala especial...

— É especial. É o dia em que um colegial recluso decidiu proteger sua pequena livraria.

Rintaro ficara em silêncio. Sayo se aproximara da orelha de Nanami e cochichara:

— E o dia em que decidi que queria ficar com o Rintaro.

Ao ver Nanami ficar ainda mais vermelha, Rintaro ficara bastante preocupado, mas Sayo não se incomodara nem um pouco. Quando se tratava desses assuntos, Nanami concluíra, o profundamente pensativo Rintaro não era páreo para Sayo.

Em algum momento da conversa, Nanami perguntara se poderia convidar sua amiga Itsuka. É claro que concordaram. Ao voltar para casa, pedira permissão ao pai, que concedera, com a condição de que fosse buscá-las de carro à noite.

E assim, um plano para uma aventura totalmente nova fora posto em prática.

Nanami tinha ficado inquieta a semana toda. Ela ainda não havia entendido o que acontecera naquele dia na biblioteca com o Homem Cinzento. Havia tantas coisas que queria perguntar a Rintaro e Sayo, mas não sabia nem como começar a explicar. Pensar nisso a deixava tonta, e agora estava prestes a pegar um trem com Itsuka para uma festa de Natal.

Depois de se preocupar incansavelmente com tudo, Nanami enfim decidiu parar de pensar nisso de vez. Como Sayo dissera certa vez, o tempo responderá. A melhor coisa a fazer provavelmente era "relaxar e fuçar nos livros até amornar".

— Essa bolsa não é meio grande para uma festa? — Após o comentário de Itsuka, Nanami deu um tapinha na bolsa.

— É que está cheia de livros. Tem *Solaris*, que peguei daqui, e *Vida de Beethoven*, do Romain Rolland, e *Sanshirō*, do Natsume Soseki, que peguei da Natsuki.

— Tá lendo os três ao mesmo tempo?

— São completamente diferentes uns dos outros. Um é sobre um psicólogo no espaço, outro sobre um compositor e o último é sobre um estudante universitário. E este, *Um gosto e seis vinténs*, eu acabei de pegar da estante: é sobre um pintor.

Itsuka ficou perplexa com a explicação entusiasmada de Nanami.

— Bom, então quando devolver a história do pintor na prateleira, podemos dar o fora daqui?

— Claro! — Nanami concordou animadamente e saltou da cadeira.

Nanami tinha o hábito peculiar de ler vários livros ao mesmo tempo, e ainda assim sentia a necessidade de procurar novos. Havia sempre tantos livros que queria ler, muito mais do que conseguia acompanhar.

Um gosto e seis vinténs pertencia à seção de Literatura Britânica, então Nanami pediu a Itsuka que tomasse conta de seus pertences enquanto caminhava até as prateleiras dos fundos. Como o havia pegado naquele mesmo dia, sabia exatamente onde o colocar de volta. Depois de devolver o livro ao devido lugar, murmurou um breve "certo, então" para si mesma. Pôs-se a voltar para a amiga, mas parou em frente ao corredor de Literatura Francesa.

Seus olhos vagaram pelo longo corredor.

O que se estendia à sua frente era apenas um corredor comum entre as prateleiras. Nenhuma luz branco-azulada, nenhuma fileira interminável de estantes.

Apenas um corredor com uma estante no final. Se estendesse a mão, poderia tocar a coleção completa de obras de Baudelaire, organizadas com capricho – sem buracos estranhos entre os livros compactados.

Era uma cena tranquila, perfeitamente normal.

Nada mudara desde o dia em que vira o homem de terno cinza se afastar. Nada se resolvera, e sua perspectiva não se ampliara repentinamente. Mas algo dentro de si mudara, mesmo que só um pouco. Ela se viu ansiando por aprender mais.

Percebeu que sabia muito pouco sobre o mundo. Não bastava ficar sentada na biblioteca com um livro aberto; precisava andar lá fora com os próprios pés. Eventualmente, queria ser capaz de entender pelo menos metade do que o Homem Cinzento havia falado. Para isso, precisava ir além do mundo estreito em que começara a se isolar, mesmo que em um ritmo muito gradual. Ela entendia isso agora.

Enquanto esses pensamentos giravam em sua mente, o olhar de Nanami se moveu para o pé da estante no fundo do corredor.

Um gato estava sentado ali – um gato malhado com orelhas em formato de triângulos isósceles e olhos cor de jade. Seu pelo era liso e seus bigodes prateados, elegantes. Um gato apenas sentado ali, exalando um ar de dignidade.

Nanami não ficou nem um pouco surpresa. Ela parou por um momento, com a mão apoiada na prateleira, e encarou o gato.

Então, como se fosse a coisa mais natural do mundo, ela perguntou:

— Tem alguma coisa acontecendo hoje?

O gato mexeu o rabinho.

— Só minha ronda de sempre. — Aquela conhecida voz grave. — Estava preocupado que algum arruaceiro pudesse ter fugido com um livro de novo — elaborou ele.

— Por enquanto, parece tudo bem.

— Parece mesmo — concordou o gato.

O gato e a menina trocaram um olhar silencioso.

E então, um sorrisinho.

— Pensei que nunca veria você novamente... — Nanami se esforçou para manter um tom casual, mas sua voz tremeu de leve. — Rintaro me falou que você não é do tipo que volta depois de resolver seus negócios.

— Mas eu ainda tenho negócios pendentes: preciso agradecer você.

— Me agradecer?

— Você me salvou daquele incêndio. Nunca pude agradecer. Foi por sua causa que pude sair do castelo.

Nanami não conseguiu encontrar palavras para responder. Era muito difícil conter os sentimentos brotando. Ela poderia ter dito algo como "Nós nos ajudamos" ou "Você também me ajudou muito", mas as palavras que finalmente saíram foram bem diferentes:

— Depois daquilo as coisas ficaram bem pesadas, sabia? Foi muito difícil — ela falou com um sorriso forçado.

O gato fez um meneio grandioso.

— De fato. Deve ter sido terrível para você. Contudo, você nunca desistiu. Correu o mais rápido que podia e não parou até o final. E, principalmente, nunca perdeu as esperanças.

Foi difícil para Nanami manter o sorriso ao ouvir a voz calorosa do gato. Na verdade, acreditava que fora ela quem havia sido salva. A garota não havia desistido porque o gato a ensinara a não desistir. Mas não conseguia expressar esse sentimento em palavras. Se tentasse, tinha certeza de que soaria superficial.

Ela sentiu vontade de correr e abraçar o gato, mas sabia que, se o fizesse, ele se viraria imediatamente e iria embora. Então, ficou onde estava.

— Não vou perguntar se nos veremos mais uma vez — disse ela.

— Sábia decisão. As pessoas desperdiçam palavras demais. — E com essa, o gato se levantou lentamente.

— Foi bom te ver de novo — Nanami falou com pressa, tentando atrasar a partida do felino.

Deu certo. O gato parou por um momento e olhou de volta para ela.

— Cuida da sua saúde.

— Vou ficar bem. Então... — Ela parou um instante e depois foi em frente: — Se algum dia estiver em apuros novamente, me procure. Vou fazer uns exercícios de aquecimento e fico pronta num segundo.

O gato arregalou os olhos cor de jade e deu uma risadinha. E com isso, saltou graciosamente no ar como uma brisa suave e desapareceu nas sombras das estantes.

Tudo o que restava eram fileiras de estantes de metal comuns. Não houve tempo para se despedir.

— Nanami, tá tudo bem? — A voz de Itsuka soou pela biblioteca, preocupada com a demora da amiga.

— Já vou! — Nanami avisou.

Ela olhou mais uma vez para o longo corredor, mas é claro que não havia nenhum gato à vista. Com determinação renovada, ela se dirigiu ao espaço vazio onde ele estivera:

— Me chama que eu vou. Sempre.

Ela se virou e voltou, passando pelas estantes, até onde Itsuka esperava, com a bolsa na mão.

A neve, que até pouco antes caía tão pesadamente, havia parado. A luz do sol entrava pelas frestas entre as nuvens, iluminando o interior da biblioteca. Lá fora, a cidade brilhava em um tom prateado intenso.

Nanami apertou os olhos diante da vista deslumbrante, mas não parou de se mover. A luz límpida do inverno iluminava seu caminho.

Acreditamos nos livros

Este livro foi composto em Literata Light e impresso pela Lis Gráfica para a Editora Planeta do Brasil em agosto de 2025.